DAAN HEERMA VAN VOSS

EINE VERSPÄTETE REISE

Aus dem Niederländischen von Gregor Seferens

Mit einer Rede des Autors und einem Nachwort von Erik Schumacher

Büchergilde Gutenberg

Inhalt

Für Daan de Jong (1942–2014)

I

Dies ist eine Reise, die ich mit jemand anderem hätte unternehmen müssen. Doch diese Reise ist unmöglich geworden, selbst als Idee. Und eine Reise zum ehrenden Angedenken ist besser als nichts.

Frieda Mulisch und ich sitzen im Palladium, einer Kneipe am Leidseplein, die vor allem von Fußballspielern, Miethaien und heimlichen Liebespaaren besucht wird. Frieda bin ich zuvor ein einziges Mal begegnet, bei einem Abendessen mit Autoren und Verlegern, wo sie zu meiner Rechten saß. Eine Woche später schickte sie mir eine E-Mail. Ob sie mich für eine Literaturzeitschrift interviewen dürfe.

Nachdem sie mir ihr Vorhaben erläutert hat, lege ich los. Während ich meine Liste mit Einwänden vortrage, nickt sie auf eine Weise, die mich vermuten lässt, dass sie nicht wirklich zuhört. Sie lässt sich nicht beirren. In diesem Stadium sei das Wichtigste, so Frieda, einen guten Ort für das Interview zu finden.

Und dann rücke ich damit raus. Während der Fahrt mit dem Rad hierher war ich noch unsicher gewesen. War das ein perverser Vorschlag? Und wenn, warum genau?

Ich setze zum Sprechen an. Vielleicht will ich wissen, ob sie wütend weggeht und die Bitte um ein Interview zurückzieht. Vielleicht habe ich ja auf jemanden gewartet, der mir eine zweite Chance gibt. »Auschwitz«, sage ich, mich hinter meinem Thunfischsteak versteckend. »Aber nur wenn es nieselt.«

II

Mein Patenonkel und Namensgeber Daan de Jong (1942–2014) war ein melancholischer Mann mit dem Schüttellachen Dr. Hibberts aus den *Simpsons*. Ein guter Freund. *They don't make 'em like that anymore.* Daan war Rechtsanwalt, später dann Importeur marokkanischer Taschen und Teekannen, und schließlich doch wieder Anwalt.

Und er war der Neffe des berühmten Historikers Loe de Jong, der den Zweiten Weltkrieg zu seiner wissenschaftlichen Obsession machte. Als Loe 2005 starb, war dies ein nationales Ereignis. Der Chefsprecher der Acht-Uhr-Nachrichten, Philip Freriks, bezeichnete ihn als das nationale Gewissen in Bezug auf Krieg und Besatzung«. Daan konnte sich nur schwer damit abfinden, wie friedlich der Tod seines Onkels gewesen war, welches Privileg Loe zuteil geworden war.

Loe, der 1940 beim Einmarsch der Deutschen in die Niederlande nach England fliehen konnte, entging dem Schicksal, das seinen Zwillingsbruder Sal – klüger, beliebter bei den Frauen – getroffen hatte. Sal starb am 31. Mai 1945 in Buchenwald. Vorher war er in Auschwitz gewesen, wo er Mengele bei dessen

Experimenten mit Zwillingen hatte helfen müssen. Würde man in einem Roman zwei Leben wie diese einander gegenüberstellen, es würde unglaubwürdig und grotesk wirken.

Sal und seine Frau Liesje (1944 in Auschwitz gestorben) hatten zwei Söhne, Abel und Daan. Die Familie wohnte an der Amsterdamer Nieuwe Prinsengracht, im Judenviertel. Als Sal und Liesje nach dem Einmarsch der Deutschen Loes Stimme auf Radio Oranje hörten, beschlossen sie, ihm nach England zu folgen. Sie wollten die Flucht wagen. Ihre Kinder versteckten sie bei zwei Familien. Abel, zwei Jahre älter als Daan, tauchte bei einem einfachen Typographen in Leiden unter, und Daan wuchs bei wohlhabenden Leuten in Zeelands Hauptstadt Middelburg auf. Der Fluchtversuch der Eltern misslang. Es wartete der Zug, die Finsternis.

Als Loe aus England zurückkehrte, hatten von den de Jongs außer ihm nur Daan und Abel den Krieg überlebt. Doch der perfekte Zwillingsbruder verfolgte Loe weiterhin. Er sah Sally auf der Straße, in Träumen. Loe kämpfte dagegen an und sollte diesen Kampf nie aufgeben.

Wie sollte Loe sich diesen beiden Jungen gegenüber verhalten, dieser lebenden Erinnerung an ein Schicksal, das er am liebsten verdrängt hätte? Er versuchte, die Vormundschaft für Abel zu bekommen.

Für Daan nicht, der hatte es gut in der Villa in Middelburg. In Wirklichkeit aber verkümmerte Daan dort; es war, als löste er sich allmählich auf. Unentwegt saß er am Fenster. Tag für Tag, jahrelang. Er bekam kaum Zuwendung. Seine Freunde besuchten ihn nicht gern. Kühl war es dort, lieblos. In Daans Worten: *Pure hell.* Als Daan das Loe gegenüber einmal erwähnte, erwiderte der empört: »Aber du hattest doch jede Menge Spielzeug?«

Daan war damals zu klein gewesen, um noch Erinnerungen an seine frühe Kindheit zu haben. Er sprach von »zusammengeklebten Eltern aus Papier«, an deren Stelle nie jemand getreten war. Im Jahr 2011 machte Simonka de Jong, eine Enkelin Loes, den wunderbaren Dokumentarfilm *Das Schweigen Loe de Jongs*. Darin kehrt Daan in sein Kinderzimmer an der Nieuwe Prinsengracht zurück. Er kniet auf dem Boden: »Man sagt, sein Kinderzimmer erkennt man am besten, wenn man es aus derselben Perspektive sieht wie früher als Kind.« Es funktioniert nicht. Er steht auf, geht zum Fenster, starrt hinaus. Er erinnert sich an die Aussicht nur aufgrund der Fotos, die von der Aussicht gemacht wurden.

Daans Leben spielte sich – ungewollt – im Schatten seines Onkels Loe ab, ein Schatten, der immer länger wurde. Der Onkel hatte das Reichsinstitut für Kriegsdokumentation (RIOD, später NIOD) gegründet und die Sisyphusarbeit auf sich genommen, alle Facetten der Geschichte der Niederlande während der fünf Jahre der Besatzung zu dokumentieren. Eine Arbeit, an deren Ende das aus vierzehn dicken Bänden bestehende Werk *Das Königreich der Niederlande im Zweiten Weltkrieg* stand. Loe arbeitete und arbeitete, endlos, so lange, bis die Menschen, wenn sie an den Zweiten Weltkrieg dachten, gleichzeitig auch an Loe de Jong dachten. Und danach arbeitete er weiter.

In dem Dokumentarfilm sieht man, wie Daan das Nationale Institut für Kriegsdokumentation (NIOD) besucht, Jahre nach dem Tod seines Onkels. Eine freundliche Dame, Typ Sekretärin, berichtet ihm stolz, dass sie *alles* von Loe aufbewahrt hätten. Wie sich herausstellt, ist das nicht übertrieben. Sie präsentiert ihm Kartons mit lauter Plastiktüten, in denen sich Loes Brillen, sein Pfeifentabak und sein Schrittmacher befinden. Daan bricht in ungläubiges Lachen aus, findet, das gehe eindeutig zu weit. »Das ist Heiligenverehrung, ja, so sehe ich das. Als wären das Reliquien.« Die Frau entgegnet: »Er hat eine bedeutende Rolle für das Institut gespielt.« Daan erwidert gnädig: »Wir stellen die Sachen wieder zurück, für zukünftige Generationen. Hier liegen sie gut, bis zum nächsten Krieg oder so.«

Loe de Jong war janusköpfig. Von Berufs wegen trat er als Scharfrichter zwischen *Gut* und *Böse* auf – die erste Phase der Nachkriegsgeschichtsschreibung erfüllte rückblickend zwei wichtige Bedürfnisse: benennen und beschuldigen. Privat ließ sein Verhalten jedoch zu wünschen übrig. Nie wollte er über seinen toten Bruder sprechen, nie half er seinen Neffen bei der Suche nach ihren Erinnerungen. Bis zu seinem Tod leugnete er aus immer noch unerklärlichen Gründen die Existenz von alten Fotos, Notizen und Briefen von Sal. Jahre nach Loes Tod bekam Daan sie dann doch zu sehen, nachdem eine Cousine sie zufällig gefunden hatte – in einem Umschlag hinter einem Rattanschränkchen.

In einer äußerst schmerzlichen Szene des Dokumentarfilms wird Daan mit den verloren geglaubten Dokumenten konfrontiert. Er liest und schaut, stößt langsam den Atem aus, bläht die Wangen, pustet. »Das ist alles so echt. Und ich habe Loe so oft gefragt, ob es nicht vielleicht doch noch Dinge gibt, die für uns von Interesse sind. ›Nein, wirklich nicht‹, sagte er dann, ›und außerdem: Es steht alles in meinen Büchern.‹« Daan bittet darum, die Kamera auszuschalten. Es reicht.

Abel erscheint im Bild und berichtet, dass Loe sich schrecklich unwohl fühlte, wenn man ihn nach Sally fragte. Der Onkel reagierte gereizt, gab einsilbige Antworten. Doch er besaß eine solche Autorität, dass man dies akzeptierte. Einmal sagte er sogar zu seinem Neffen: »Du musst in der Gegenwart leben, mein Junge, und dich nicht immer so auf die Vergangenheit konzentrieren.«

Sehr selten redete er dann doch. So soll er sich Daan gegenüber einmal ziemlich hartherzig gezeigt und gesagt haben: »Es ist besser, dass es so gekommen ist, denn sonst hätten sich deine Eltern nach der Rückkehr wahrscheinlich scheiden lassen.«

Die äußere Ähnlichkeit zwischen Daan und seinem Bruder Abel war unglaublich. Bei Daans Beerdigung meinte ich ein paar Mal, den Verstorbenen zu sehen. Aber aufgrund ihrer unterschiedlichen Persönlichkeiten war ihr Verhältnis schwierig. Nach einer Jugend bei Schriftsetzern fühlte Abel sich im Vergleich zu Daan kulturell und sozial zurückgeblieben. Er fand Trost im jüdischen Glauben. Immer häufiger reiste er nach Israel, bis er schließlich dazu überging, die Hälfte des Jahres dort zu verbringen. Während Abel sich immer weiter ins Judentum vertiefte, blieb Daan kopfschüttelnd in seiner Stadt, in Amsterdam zurück.

Daans Familie war vernichtet worden, die letzten Spuren seiner Eltern hatte man vor ihm versteckt. Die Bedrückung, der er nicht entfliehen konnte, verlieh seinem Blick einen matten Glanz; er bekämpfte die Niedergeschlagenheit mit Ironie, mit Sprüchen wie »Such is life« und immer wieder mit diesem Lachen.

Seine Einsamkeit ließ sich nicht aus der Welt schaffen, mit ihm befreundet zu sein bedeutete: es nicht einmal probieren. Es gab einen Raum – oder vielleicht war es eine Zeit, eine Dimension –, zu dem niemand Zugang hatte, außer er selbst. Such was life.

Es war nicht verwunderlich, dass ich ihm erst Ende 2011 vorschlug, die Reise zu unternehmen.

III

Unverzichtbare Recherche für meinen nächsten Roman, sage ich zu mir selbst. Es ist nicht gelogen, und ich stopfe meine Kleider in den Koffer, packe meine Notizbücher und einen zusätzlichen Stift ein. Wie kein anderer Ort hat Auschwitz mich seit jungen Jahren fasziniert, angezogen und abgestoßen.

Vorige Woche hat Frieda mir mitgeteilt, dass die Literaturzeitschrift meinem Vorschlag zugestimmt hat. Mehr noch, schrieb sie, die Redaktion sei von der Idee überaus angetan. Am 27. Januar 2015 sei es genau siebzig Jahre her, dass das Konzentrationslager von der Roten Armee befreit wurde. Das werde ein großes Ereignis – wahrscheinlich der letzte runde Jahrestag, an dem noch Überlebende teilnehmen.

Zehn Tage hat mein Koffer dagelegen und auf mich gewartet, endlos bin ich um ihn herumgeschlichen, doch auch Aufschieberitis hat ihre Grenzen. Übermorgen geht es los. Stell dich nicht so an, es ist nur ein Interview, Rasierzeug brauchst du nicht. Am 26. Januar hin, am 28. Januar zurück. *In and out*.

Für jemanden in meinem Alter ist es unmöglich, über Auschwitz nachzudenken, ohne dabei in lähmenden Ernst oder schockierenden Humor zu verfallen, eine für Menschen meiner Generation übliche Strategie bei Konfrontationen mit Dingen, die wir nicht (sofort) begreifen. Hinzu kommt, dass wir mit einer Massenkultur aufgewachsen sind, die immer wieder beweisen zu wollen schien, dass wir, von Kriegstabus befreit, über alles lachen dürfen: Filme wie *Das Leben ist schön* oder *Inglorious Basterds*, Bücher wie *Er ist wieder da* von Timur Vermes, Zeichentrickserien wie *South Park* oder *Family Guy* – Hitler ist längst nicht mehr sakrosankt.

Der slowenische Philosoph und Kulturkritiker Slavoj Žižek ist im Übrigen der Ansicht, dass die Komödie das einzig angemessene Genre für eine Auschwitz-Darstellung ist. Eine tragische Darstellung wäre in seinen Augen sogar obszön, weil dieses Genre einerseits auf der Würde der Opfer und andererseits auf der Zufälligkeit dessen, was ihnen widerfährt, basiere. Im Holocaust jedoch habe man den Opfern ihre ganze Würde genommen, und eine effizient arbeitende Mordmaschinerie habe für Zufall keinen Raum gelassen. Nein, eine tragische Darstellung wäre laut Žižek zu viel der Ehre für die Deutschen, für die Verzweiflung und die Gräuel.

Kurzum, jedes Genre wird der Sache nicht gerecht, und jedes aus einem anderen Grund.

Ich schicke Frieda eine Mail und frage, ob sie überhaupt Lust zum Reisen hat – vielleicht sagt sie ja doch noch ab. Das tut sie nicht. Sie mailt zurück: »Na ja, Lust. Ich muss mal für eine Weile raus. Dann eben nach Auschwitz.«

Sie schreibt noch irgendwas von einer Freundin, die vielleicht mitkommt. Ob ich etwas dagegen habe, wenn die Freundin eine Kamera mitbringt. In der festen Überzeugung, dass aus dem Ganzen nichts wird, schreibe ich zurück, dass ich einverstanden bin.

Später am Abend fällt mir ein zweiter Jahrestag ein: Vor fünf Jahren ist Harry Mulisch, Friedas Vater, gestorben. Zwei Gedenktage auf einmal. Es ist verführerisch, vor der mulischesken Logik zu kapitulieren – die Reise ist vom Schicksal bestimmt; kosmische Zufälle und Vorsehung liegen auf einer Linie.

Der Reißverschluss des Koffers wird zugezogen. Übermorgen fahren wir los. Diesmal sorge ich dafür, dass nichts dazwischenkommt. Mit der, wie Harry Mulisch in seinem Buch *Strafsache 40/61* sagt, »erbärmlichen Sicherheit«, dass wir wiederkommen werden.

IV

Am längsten kannte mein Vater Daan, sie waren gute Freunde und wohnten beide in einem an Studenten vermieteten Haus am Westermarkt, in dem heute die Anne Frank Stiftung untergebracht ist. Daan war es, der meinem Vater zu reden lehrte, über das Leben, über das Elternhaus, über Belanglosigkeiten. Endlos reden, bis zum frühen Morgen. Sie studierten beide Jura. Daan sollte zu einem Rechtsanwalt mit Flipper im Keller seiner Kanzlei werden. Wenn ein Mandant knapp bei Kasse war, forderte Daan ihn zum Wettkampf heraus. Wenn der Mandant am Flipper besser war als er, bekam er Rabatt. Und wer überhaupt kein Geld hatte, dem wurde kostenlos geholfen.

In dem Studentenhaus gewöhnte Daan meinen Vater an den Begriff »klassische Musik«. Im Gegenzug weihte mein Vater ihn in die Welt von Django Reinhardt und Jelly Roll Morton ein. Regelmäßig aßen sie bei einem anderen Studenten im Haus, einem Außenseiter namens Leendert, der einfache, aber nahrhafte Mahlzeiten zubereitete. Zu einem auf den Cent berechneten Betrag, der dem Kaufpreis der verwendeten Produkte entsprach, konnten sie mitessen.

Rübstiel, Kartoffeln, Endivien. In einem Winter waren die Prinsengracht und die Bloemgracht zugefroren. Der Dichter Remco Campert ging zögernd über das Eis, einen Kinderwagen vor sich herschiebend.

1966 war mein Vater Zeremonienmeister bei Daans erster Hochzeit, mit der Jüdin Inez. Daan war mit ihr auf den Grachten Boot gefahren, und das reichte, um sicher zu sein, dass er sie heiraten wollte. Am Ende der Hochzeitszeremonie machte Loe meinem Vater ein Kompliment: »Gut gemacht, Junge.« Der Bund der Studentenzeit gehörte der Vergangenheit an. Inez und Daan bekamen ein Kind, das den plötzliche Kindstod starb. Das war das einzige Thema, über das er mit überhaupt niemandem sprach, nicht einmal mit seinem Psychiater. Die Ehe scheiterte. Für kurze Zeit war Daan dennoch Vater gewesen.

Freundschaften haben ihre eigene Dynamik, auf Jahre lauten Lachens folgen manchmal Jahre der Stille. »In den siebziger Jahren verliefen unsere Leben auf getrennten Pfaden«, sagt mein Vater heute. Und in diesen neuen Leben war die Anwesenheit des anderen nicht länger selbstverständlich.

Daan stand auf gutem Fuß mit dem Zeitgeist. Er ließ sich auf einem Wohnboot nieder, roch nach Öl, hatte einen wilden Lockenkopf und einen fusseligen Bart. Er trug lange Perlenketten und T-Shirts mit psychedelischen Aufdrucken. Etliche Freundinnen passierten Revue – und große Lieben, die eine Nacht währten.

In den achtziger Jahren klopfte Daan gelegentlich nachts an das Fenster vom Arbeitszimmer meines Vaters. 1982 war er erneut verheiratet. Mit Eda sollte er – mit Unterbrechungen – dreiundzwanzig Jahre zusammen sein. Er nannte sie seine *soul mate*. Eda hatte armenische Wurzeln, große Teile ihrer Familie waren beim Völkermord an den Armeniern umgekommen. Daan und sie wussten, welche Fragen man auf gar keinen Fall stellen sollte. Mein Vater öffnete Daan die Tür und goss zwei Gläser Wein ein, wurde aber nicht so recht schlau aus seinen Besuchen.

1985 war ich, in dieser Reihenfolge, ein mütterlicher Wunsch, eine elterliche Absicht und ein Fötus. Im Haus, das mein Zuhause werden sollte, wurde über meinen Namen verhandelt. Mein Vater schlug Daan vor, meine Mutter mochte den Klang sogleich. Kurz, kraftvoll, offen. Im Jahr darauf wurde ich geboren, mit dem Steiß voran. Und man gab mir den Namen Daan.

Bis ich in die Pubertät kam, sah ich meinen Namensgeber nur ein paar Mal. Wir gaben einander höflich die Hand. Für mich war Daan de Jong eine Gestalt, deren Konturen mir durch meine Eltern vermittelt wurden, in Form von Anekdoten und Erinnerungen. Bis meine Mutter ihn eines Tages zufällig traf, beim

Einkaufen, an meinem vierzehnten Geburtstag. Sie lud ihn ein. Er kam herein wie ein Freund des Hauses, der jahrelang auf Reisen gewesen war, er half sofort beim Spaghettikochen, ganz selbstverständlich.

Fest steht, dass Daan sich Kinder gewünscht hat. Eine echte Familie, das war sein kühnster Traum. Er wäre überaus geeignet gewesen für die Vaterschaft. Jahrelang hatte er eine Art Familie in Amsterdam-Noord: Die Frau, mit der er zusammen war, hatte eine Tochter, deren er sich wie ein Vater annehmen konnte. Doch ein wirklicher Vater wurde er nicht. Das Leben fügte sich nicht seinen Wünschen.

Über die Gründe für Daans Kinderlosigkeit gibt es eine Reihe von Geschichten. Alle schrecklichen Ursachen kommen darin vor: Totgeburten, Fehlgeburten, der plötzliche Kindstod, eine Abtreibung, mit der Daan nicht einverstanden war. Bei seinem Begräbnis trat irgendwann ganz unvermittelt eine magere Frau mit strähnigen Haaren vor. Sie war im Programm nicht vorgesehen. (Später stellte sich heraus, dass es sich um eine gewisse Pauline handelte, mit der Daan zwei Jahre lang liiert gewesen war. Sie wohnten zusammen und hatten einen Hund namens Wally.) Verwirrte Blicke wanderten durch den Saal, doch niemand traute sich, sie aufzuhalten. Sie behauptete, Daan besser als jeder andere Mensch gekannt zu haben, und sie erzählte auch von zwei früh verstorbenen Kindern, die sie mit ihm hatte. Zwillinge.

Nachdem Daan an unseren Küchentisch zurückgekehrt war, wurde er mit der Zeit zum Schutzheiligen unserer Familie. Zu jedem von uns baute er eine besondere Art von Intimität auf, von jeweils etwas anderer Farbe und anderem Ton – wie einzelne Zimmer in einem Haus.

Mein Vater berichtete regelmäßig von Daans Reisen, durch die ganze Welt und meistens per Anhalter. Daan war der Ansicht, das Leben müsse unvorhersehbar sein, und das Rebellischste, was er sich vorstellen konnte, war, Fremden zu vertrauen. Für meinen Vater zeugten diese Reisen von einem Mut, den er selbst nie besessen hatte, doch indem er mit Daan befreundet war, konnte er einen gewissen Anspruch auf Leichtsinn, Abenteuer und Magie erheben. Für sein Gefühl unternahm Daan all diese Reisen mit einem leeren Tank. An seinem fünfundsechzigsten Geburtstag, der auf einem Boot auf der Amstel gefeiert wurde, zog Daan plötzlich die Hose aus und sprang in das kalte Wasser. Nie habe ich meinen Vater verblüffter gucken sehen. In den letzten Jahren schauten Daan und mein Vater sich regelmäßig und schweigend Peter-Sellers-Filme an, die sie von früher kannten. In ihrem Urteil waren sie sich einig: Seinerzeit hatten sie mehr darüber gelacht.

Auch meine Mutter konnte ihn ins Vertrauen ziehen. Sie lobte seine beruhigenden und oft aufmunternden Kommentare über das Leben und bezeichnete sie als Weisheiten. Für meinen Bruder Thomas und mich, seine Ersatzkinder, war er allgegenwärtig. Jemand, der bei jedem Auftritt hinten im Saal stand, der alles von uns las, der mir, wenn nötig, als Rechtsanwalt beistand. (Manchmal passieren die seltsamsten Dinge im Leben.) Jemand, der immer da war, auch wenn man ihn nicht sah.

Daan fuhr mit gestrecktem Rücken Rad, mühsam tretend. Er ging mit den Händen auf dem Rücken, als wäre die Welt eine einzige große Ausstellung, die ihn manchmal amüsierte und oft beunruhigte. Über schwierige Themen sprach er locker, in Kleinigkeiten konnte er aufgehen, guter Wein, ein perfekt aufgebrühter Kaffee, ein Herbstblatt, das endlos durch die Luft schwebte. Er hatte eine wundervoll geschwungene Tolle, sogar noch als sein Haar bereits grau war, ein dichter Schopf. Ein Schal, einmal um den Hals geschlungen. Ein Bäuchlein, das nicht die Folge von Gier war, sondern von Genuss. Es gab immer einen Grund, sich einen zu genehmigen. Eines seiner Mottos lautete: Wenn du schon nicht viel isst, dann trink zumindest anständig.

Manchmal gestatte er sich zu tagträumen. In den letzten Jahren wurde er regelmäßig von einem

Anschluss mit italienischer Nummer angerufen. Auch wenn er in Gesellschaft war, ging er ran. Das war ungewöhnlich; meistens war eine gesellige Runde, solange sie beisammen saß, für ihn das Wichtigste, was es gab.

Gestikulierend und in makellosem Italienisch fing er dann an zu verhandeln. Worüber genau wollte er nicht verraten. Doch es gehe um einen großen Deal, der ihn aller finanzieller Sorgen entledigen werde. Ich wusste nicht einmal, dass er welche hatte. Den Rest des Abends sagte er dann kaum noch etwas, seine Augen hatten einen golden starrenden Glanz, hin und wieder lachte er ganz unvermittelt laut auf. Einmal wäre es mir um ein Haar gelungen, ihn dazu zu verleiten, von dieser bevorstehenden, mysteriösen Transaktion zu berichten. Er öffnete den Mund, besann sich jedoch im letzten Moment: »Nein, nein, es geht wirklich nicht.« Dann lachte er wieder. Bis heute weiß niemand, mit wem er diese Gespräche auf Italienisch geführt hat und worum es dabei genau ging.

Mittags saß er fast immer im Marcella am Amstelveld. Vor sich einen scharf gewürzten Käse-Hackfleisch-Toast und einen Jonge Genever. Etwas in sich zusammengesunken, den Blick auf das Pflaster gerichtet, auf die Wellen in der Prinsengracht, panta rhei. Regelmäßig gesellte ich mich zu ihm. Dies sind die einzigen Momente, in denen sich die Stadt für mich wie ein Dorf anfühlte. Wir verabredeten uns zum Boulespielen und sagten später wieder ab; das Spiel passte nicht zu uns.

2009 fuhren Thomas, Daan und ich nach London, um uns ein Spiel vom FC Fulham anzusehen. Daan war der Ansicht, Väter und Söhne machten so etwas nun einmal. Natürlich hatte er hervorragende Plätze im Stadion besorgt. Im Nachhinein betrachtet, war es ein guter, weil unbekümmerter Moment für diese Reise gewesen. Wenig später brannte Daans Lagercontainer in Amsterdam-Noord, der mit Kleidung, Möbeln und Erinnerungsstücken gefüllt war, vollständig aus. Mit aller Kraft versuchte er, in den Flammen keinen Hinweis auf den Krieg zu sehen; niemand konnte ihm dabei helfen.

In London tranken wir Guinness, sangen mit anderen Lieder, deren Texte wir nicht kannten, aßen *pies* und lachten über das unbeholfene Gerenne von Bobby Zamora. Am ersten Abend besuchten wir ein indisches Restaurant. Daan war in seinem Element. Zufrieden bestellte er auf Hindi die Gerichte, scherzte mit dem Inhaber, erzählte beim Essen, welchen besonderen Platz Indien in seinem Herzen einnahm. Seit den Siebzigern fuhr er alle paar Jahre hin, um dort endlos zu wandern und per Autostopp zu reisen, in der Hoffnung, Zugang zu der Vorstellung von einem sorgenden Gott zu erlangen, dem Konzept des Karma und einer Geschichte, mit der er nichts zu tun hatte. Eine große, zutiefst ersehnte Freiheit fand er dort.

Auf kindliche Weise wollte Daan ein Mann von Welt sein, jemand, den nichts erstaunte. Vielleicht weil er nirgendwo Wurzeln schlagen konnte oder wollte, vielleicht weil er nichts verpassen wollte.

Als ich einmal nach Italien fuhr, gab Daan mir die Kopie eines Briefs, den er 1965 seiner Tante Liesbeth, Loes Frau, geschrieben hatte. Darin berichtete er von einer Reise per Anhalter, die ihn über Paris nach Italien führen sollte: »Ich spürte die Spannung, die dem großen Sprung vorausging, der vor dem Dunkelwerden die Sicherheit der Stadt bringen musste. In meinem Innern fühlte ich all die Pauken des Abenteuers, der *bonne chance* dröhnen. Als es dann schließlich so weit war, war es weg, das unruhige Gefühl. Hinter Lille, in der Nähe von Valenciennes, stand ich im strömenden Regen, unter einer Überführung der *Autoroute*, einigermaßen geschützt vor dem, was geradewegs vom Himmel kam, doch nicht vor den Sturzbächen, die vorbeijagende Autos aufwirbelten. Wir haben schon vor heißeren Feuern gestanden, sage ich dann weltgewandt zu mir selbst, dort in dem erkälteten Regen.«

In Paris angekommen, streunte er mit Serge durch die Straßen; der junge Mann hatte ihn als Anhalter mitgenommen, »vierundzwanzig Jahre alt, Vater und

Besitzer eines gutgehenden Geschäfts für Fernsehantennen«. »Wir gehen in die erstbeste Kneipe, eine *boîte de putains,* das sehe ich auf den ersten Blick. Nun denn, wir sind drinnen, ich gebe mir keine Blöße und imitiere Serges prüfende Kopfhaltung. Wir setzen uns an die Bar, und prompt haben wir jeder eine Frau am Hals, er eine sehr hässliche, ich eine sehr hübsche. Er will tauschen, doch es ist zu spät, denn ich halte meine fest, mit einem plötzlichen Kniff, der mich mit einem Schlag zum Herrn der Lage macht. Was war geschehen? Gleichsam beim Aushandeln der Konditionen, man könnte auch sagen: zwecks Selbstverteidigung, habe ich zu ihr – Jeanette – gesagt: Alles gut und schön, *vous* êtes *bien mignonne,* aber ich will nicht mit dir ins Bett, und als Mann von Welt füge ich hinzu: *C'est pas pour dire une chose désagréable, mais vous savez, l'amour avec les putains, c'est toujours la même chose*. Jeanette fällt vor Lachen fast vom Hocker, und das geflügelte Wort macht überall die Runde, überall steckt man die Köpfe zusammen, um sich dann vergnügt mir zuzuwenden, der Laden summt, es prickelt.«

Daans Verlangen, im Mittelpunkt der Aufmerksamkeit zu stehen, hatte, im Gegensatz zu vielen anderen, die denselben Wunsch hegen, nichts Aggressives, nichts Aufdringliches. Er wollte gesehen werden, nur für einen Moment, von allen, um dann sang- und klanglos zu verschwinden, wieder unsichtbar zu sein.

Schließlich gelangte er nach Italien, und dort fand er dann doch etwas, das wie Ruhe aussah: »Ich bin vollkommen assimiliert, tue so, als wohnte ich schon seit Jahren in Trastevere, bestelle morgens halb murmelnd – so wie es hier alle tun – einen Espresso, kaufe eine Zeitung, überfliege die Überschriften, esse dabei, ohne hinzusehen, ein paar dieser kuchenartigen Brötchen, lege die Zeitung beiseite mit dem unzufriedenen Blick von jemandem, für den sich die Erde heute nicht zum ersten Mal um die eigene Achse dreht.« Ich kann mir gut vorstellen, dass all seine Reisen nach diesem Muster verliefen. Vielleicht konnte Daan nur dort nach Hause kommen, wo er nicht wohnte.

Nachts, in seinem Londoner Bett, röchelte Daan. Morgens kam er nur schwer aus den Federn, doch ich weigerte mich, mir Sorgen über ihn zu machen.

Ob es an seiner Biographie lag oder ob es einfach seinem Charakter entsprach, weiß ich nicht, und vermutlich spielt der Unterschied ab einem gewissen Alter auch keine Rolle mehr. Tatsache jedenfalls ist, dass er mich nie verurteilte. Irrtümer, Katastrophen und Dramen – insofern in meinem Leben davon die Rede sein konnte – besprach ich daher lieber mit ihm als mit meinen Eltern. Und auch lieber mit ihm als mit Freunden meines Alters, die zu oft nicht verstanden, warum ganz selbstverständliche Dinge – wie das Wesentliche vom Nebensächlichen unterscheiden, wie stolz sein oder das Vertrauen nicht zu verlieren – mir immer so schwer fielen. Ich beichtete nicht, ich prahlte nicht, ich erzählte.

Und ganz gleich, was ich ihm berichtete, mit welcher neurotischen Machenschaft ich ihm kam, er hatte dasselbe erlebt, im Sommer 1977, im Herbst 1983 oder gestern erst. Ich redete mehr als er, eine willkommene Umkehrung des Musters, das meine sonstigen Gespräche kennzeichnete. Mich beruhigte der Gedanke, dass ich so wie Daan werden konnte, bis ich mich wieder daran erinnerte, dass unsere unterschiedlichen Lebensläufe dies per Definition unmöglich machten.

An meinem neunundzwanzigsten Geburtstag, der erste nach Daans Tod, überreichte mein Vater mir ein Buch. Er entschuldigte sich sogleich, das Geschenk stamme nicht von ihm. Ich schlug es auf, und auf der ersten weißen Seite stand der Name Daan, dazu ein Datum: 23.8.1950 (in dem Jahr war Daan acht). Der Titel des Buchs: *Ohne Familie*.

Wenn Daan schließlich doch einmal über sein Leben erzählte, dann war es, als redete er nur mit sich selbst, unerschütterlich und leise. Über Liebe und Sex hegte er eigenartige Ansichten. Ein Siebzigjähriger, der freimütig über seine ständigen Seitensprünge sprach (»eine Liebhaberei«), dessen Kopf sich mit meinem umwandte, wenn ein hübsches Mädchen vorbeiging. (Hand auf meine Schulter: »Na los. Das ist deine Zeit.«) Der einzige Niederländer, den ich kannte, in dessen Büro Bob Dylan gewesen war. (»Ein sympathischer Bursche, aber sehr geistesabwesend, er hat die ganze Zeit nur nach draußen gestarrt, und er artikulierte undeutlich.«) Als ich einmal mit zwanzig unbekleideten Frauen auf der Literaturbeilage einer flämischen Zeitung abgebildet war, schickte er mir eine SMS: »Jetzt beginnt die Ernte.«

Am selben Abend noch schrieb er mir eine E-Mail: »In jüngeren Jahren habe ich selbst auch einmal mein Glück mit geiler Erotik in der Öffentlichkeit gesucht, und zwar indem ich das *Wet Dream Film Festival* organisierte. Dafür traf ich Vereinbarungen mit dem Staatsanwalt, so dass die Filme im Leidseplein Theater, das es heute nicht mehr gibt, gezeigt werden konnten. Bedingung war, dass jederzeit Polizisten anwesend sein durften, was – es war zudem ein heißer Sommermonat – zu allerlei komischen Szenen führte, mit schwitzenden Spießbürgern in Uniform inmitten von Orgien auf der Leinwand und manchmal auch in den Gängen. Ich will ehrlich sein: Mir selbst war das alles auch zu viel, die Scham war für mich längst noch nicht vorbei, ich wollte lieber raus aus dem dampfenden Saal und fühlte mich plötzlich schmerzlich einsam dort, und geil fand ich das Ganze auch nur hin und wieder. Für das Buch zum Festival, das nachträglich erschien, schrieb ich daher eine Seite unter dem für mich zutreffenden Titel ›Why I did not enjoy the Festival‹.« Daan spielte den Charmeur, und er wurde einer, aber nie ganz.

Über das echte Früher, den Krieg, sprachen wir nicht. Daans Leben enthielt nun einmal unbekannte Gebiete. Gebiete, die andere verwüstet hatten, Gebiete, die er am liebsten unbewohnt und unerforscht ließ. Ihn danach zu fragen wäre unziemend gewesen. Sie waren essentiell für die Person, die er war. Wenn es einen Menschen gegeben hätte, der ihn durch und durch kannte, dann hätte Daan vor diesem Menschen vermutlich sofort die Flucht ergriffen.

2011 schlug ich ihm schließlich doch vor, zusammen nach Auschwitz zu reisen. Ich hatte genug von meiner Behutsamkeit, denn schließlich war im Fernsehen eine Dokumentation gelaufen, in der er eine wichtige Rolle spielte. Es war verwegen, aber ich meinte, mir sicher sein zu können, dass er mir verzeihen würde. In Auschwitz würden wir nicht länger *nicht* darüber reden können, nahm ich an.

Daan erbleichte, seine Hände suchten Halt auf dem hölzernen Kneipentisch.

Er sei früher bereits dort gewesen, erzählte er, mit seinem Freund Bob, im Jahr 2008. Wie ich heraushörte, existierte ein Foto von dem Besuch. Daan, der durch das Arbeit-macht-frei-Tor hindurchgeht.

Ich bot ihm an, ihn zu dem Vernichtungssymbol zu begleiten, die Schatten seiner Eltern würden für immer auf den Barackenwänden zu sehen sein. Ich verlangte zu viel von ihm.

Er antwortete nicht, zupfte an seinem Kinn, nickte nur irgendwie. Doch später am Abend schickte er meiner Mutter eine E-Mail: »Wirklich eine SPITZEN-IDEE von deinem Sohn. Alles Liebe, Daan.«

V

Am Tag vor unserer Abreise gelingt es mir mit einiger Mühe, Daans Freund Bob ausfindig zu machen. Der Besuch im Jahr 2008 war seine Idee gewesen. Teufelsaustreibung für seinen Freund. »Es war ein typischer, regnerischer Herbsttag. Wir waren beide steif vor Angst vor dem bekannten Unbekannten. Daan war erstaunt, dass an einem Tag wie diesem so viele *Besucher* dort waren. Am Galgen, dort, wo morgens das Orchester Aufstellung nahm, haben wir eine Zeitlang still verweilt. Nach der ersten Baracke sind wir direkt zu den Gaskammern gegangen.

Die Luft in diesem Loch war entsetzlich, lähmend. Daan hatte aus Amsterdam einen kleinen Stein mitgebracht, und den hat er dort irgendwo in einen Mauerspalt gedrückt, eine Variante des jüdischen Erinnerungsrituals: etwas zurücklassen als Zeichen, dass man das Grab besucht hat und der Verstorbene nicht in Vergessenheit geraten ist. Dadurch nimmt jeder, der das Grab besucht und einen Stein zurücklässt, wirkungsvoll teil an der Mitzwa der Mazewa (die Errichtung des Gedenkzeichens). Daan hatte den kleinen Stein für diesen Zweck gewählt, und er holte ihn in der Gaskammer zum ersten Mal aus der Tasche.

Nachdem wir wieder im Freien waren, haben wir noch eine Weile an dem Galgen verharrt, an dem nach dem Krieg der Lagerkommandant aufgehängt wurde. Das war ein Moment des Triumphs, der noch verstärkt wurde, als wir auf dem Weg zu den Gebäuden plötzlich merkten, dass wir pissen mussten. Voller Selbstvertrauen und Erleichterung haben wir dann gegen die Wand neben dem Stacheldraht gepisst. Das ist seitdem für Daan immer ein Moment des Sieges gewesen.«

Eat that, Mr Freud.

»Zum Block 10, wo sein Vater höchstwahrscheinlich gearbeitet hat, sind wir nicht mehr gegangen. Als wir wieder draußen waren, sagte Daan leise: ›Wir haben Glück gehabt.‹ Ich fragte ihn, womit wir Glück gehabt hätten, und er erwiderte: ›Weil wir eine Rückfahrkarte haben.‹ Später fanden wir in Warschau, dort, wo früher das Ghetto war, das einzige jüdische Restaurant. Sliwowitz und gefilte Fisch. Zwei Brüder spielten Ziehharmonika. Und da war ein verliebtes Paar, für das Daan auf der Gitarre gespielt und Liebeslieder gesungen hat. Und das konnten wir gut gebrauchen. An dem Tag hatte ich Daans tiefste, dunkelste Trauer gesehen. Er hat sich immer gewünscht, seine Eltern hätten ihn bei ihrem Fluchtversuch mitgenommen. Allein in Middelburg zurückzubleiben hatte sich für ihn als eine Qual erwiesen, und er hätte den Tod bevorzugt. Er fühlte sich verraten. Und ich verspürte sie auch, diese quälende, machtlose Wut.«

VI

Montag, 26. Januar, der Tag der Abreise. Regentropfen fließen im Zickzack über die Abteilfenster, das Wasser verformt das Angesicht der Stadt. Amsterdam könnte auch ein Albtraum sein. Irgendwo hinten im Wagen klimpert ein Mann einen alten Bob-Dylan-Song auf seiner Gitarre. *If you're travelin' in the north country fair*. Der Regen verwandelt sich in Nebel, der Zug rollt durch ihn hindurch.

Auf dem Weg nach Brüssel, wo das Flugzeug auf uns wartet, bekommt Frieda eine E-Mail, mit der ich schon gerechnet habe. »Hello, today we've received official letter from Auschwitz Museum that due to 70th Anniversary of Auschwitz Liberation – from 26th to 28th January – Auschwitz will be closed. You made a booking for the Auschwitz tour for 27th with Krakau Shuttle but as you can see we are not able to organize tour on that day. I'm really sorry to inform you about that but they informed us just few hours ago.«

Man befürchtet Anschläge. Paris hat Polen erreicht.

Die Stornierung kommt reichlich spät, und die Schließung erstreckt sich genau auf die Tage, an denen wir in Polen sein werden. Und gerade jetzt habe sie solche Lust auf die Reise gehabt, meint Frieda. Sie trägt rote Moonboots, einen Ralph-Lauren-Wintermantel und eine Mütze aus echtem Fuchspelz. »Ich habe Fotos gesehen«, sagte sie früher am Morgen. »Die Gegend in Polen ist ein echtes *winter wonderland*. Es wird bestimmt schön, und danach fahren wir erleichtert heim.«

»Bedeutende Regierungschefs« werden am 27. in Auschwitz sein, lese ich im Internet. Darunter auch unser Ministerpräsident Mark Rutte. Ich frage mich sogleich, was an dem Tag auf dem Terminplan der unbedeutenden Regierungschefs stehen mag.

(Wladimir Putin behauptete zunächst, nicht eingeladen worden zu sein, was sich jedoch als Missverständnis erwies. Daraufhin reagierte er mit der bürokratischen Variante des allseits bekannten: *Tja, Mensch, jetzt hab ich an dem Tag schon was vor.*)

Frieda ist das alles ziemlich egal. Sie will die Reise abbrechen und in ein paar Monaten einen neuen Versuch unternehmen. Sie sagt: »Das ist wieder mal typisch. Ich organisiere was, und dann wird nichts daraus. Ich habe jede Menge Bücher gelesen, ich stecke wirklich tief drin in dem Thema, ich weigere mich, zurückgewiesen zu werden.«

Ich vertrete voller Überzeugung den Standpunkt, dass es viel interessanter ist, das Lager zu besuchen, wenn man es eigentlich nicht soll. Keine fix und fertige Tour, keine geheuchelte Gastlichkeit, sondern Wachpersonal, das sagt: »Du darfst hier nicht rein.«

Der Schnee sorgt dafür, dass vom Flugzeug aus alle Gebäude aussehen wie die Baracken und die Kommandantur auf den alten Schwarzweißfotos. Es sind viele alte Menschen an Bord. Frieda: »Mein Vater sagte über alte Menschen immer: ›Man weiß nie, was sie im Krieg angestellt haben.‹ Doch das kann ich heute nicht sagen.« Neben mir sitzt ein alter Mann mit goldener Uhr und Hornbrille, der seinen Terminkalender studiert. An keinem Tag ist irgendwas notiert, nur für morgen steht dort »AUSCHWITZ«.

Vor mir, so etwas kann man sich nicht ausdenken, sitzt noch ein alter Mann, grauer Flaum auf den Ohrläppchen, Altersflecken auf den Ohrmuscheln und eine verschlissene, schwarz-weiß gestreifte Drillichkappe ohne Schirm auf dem Kopf. Vorne auf der Kappe steht eine Nummer, von der ich nur die letzte Ziffer sehe.

Einen Moment zweifle ich: Könnte dies ein Replikat sein?

Der Mann schaut sich ein Faltblatt mit üppig belegten Sandwiches an, bestellt aber nichts. Sein Enkel sitzt neben ihm, ein freundlicher Bursche mit sanften Augen und flachsartigen Locken, der seinem Opa hochhilft, wenn dieser zur Toilette muss. Der Opa sei auf

Einladung hier, berichtet der Enkel; er gehöre zu den wenigen auserwählten Vertretern, aus jedem Land eine Handvoll. Ein VIP, ob er nun will oder nicht. Vielleicht kehrt der Mann ja zum ersten Mal an den Ort zurück, von dem er zweifellos annahm, dass er ihn nie wieder verlassen würde. Schließlich hat er dann doch noch ein ganzes Leben gelebt, mit Kindern und Enkeln. Was einst eine schändliche Kopfbedeckung war, ist jetzt ein Helm. Beim Verlassen des Flugzeugs sehe ich die vollständige Nummer: A177789.

Am Abend sitze ich an dem kleinen Schreibtisch von Zimmer 402 des Hotels Francuski im Zentrum von Krakau. Das Zimmer bietet Ausblick auf einen Platz, schneebedeckte Bäume und Kuppeln, auf einen dunkel purpurfarbenen Himmel. Anfang Januar sank die Temperatur auf minus 27 Grad, doch heute Abend ist der Frost gnädig. Das Badezimmer ist aus Marmor, die Armaturen aus Kupfer, der Schlüssel ist altmodisch und schwer. Prag, Budapest, Wien, Fin de Siècle (allerdings mit WLAN). All meine Betrachtungen über das Böse, das neblig zwischen den Baracken hängt, meine Spekulationen über die Unmöglichkeit von Poesie im Anblick der Lager, von Adorno bis hin zu Symborska – all das kann ich im Vorhinein vergessen. Die Chance, dass wir morgen ins Lager hineinkommen, ist praktisch gleich null.

Kurz zurückspulen zu unserer Ankunft im Hotel: Friedas Freundin erwartete uns in der Halle. Überraschung! Sie war früher Regisseurin einer Fernsehsendung, in der die niederländische High Society interviewt wurde, und will uns morgen filmen, für ein Geheimprojekt. Eine nette Frau, sie stellte sich als Natasja vor, ich gab ihr die Hand und sagte: »Natürlich, klar.« Und begab mich anschließend auf die vierte Etage, wo ich immer noch sitze.

Ich beichte Facebook, wo ich bin. Der niederländische Autor Jamal Ouariachi postet daraufhin: »Daan Heerma van Voss wohnt und arbeitet abwechselnd in Amsterdam und Auschwitz.« Die Variante »schockierender Humor« also.

VII

In der Nacht schrecke ich aus dem Schlaf auf. Nun ist offiziell der 27., das Datum des Jubiläums, mein Tag in Auschwitz. Warum bin ich nicht mit Daan hergekommen?

Schon beim Formulieren dieser Frage überkommen mich Bedauern und Selbsthass. Vielleicht fürchtete ich mich, nach all dem pubertären Kokettieren mit Angst, Tod und Verderben, ja doch vor dem Bösen. Vermutlich aber war der Grund viel banaler, und ich dachte, was wir alle tagtäglich denken: Was heute geht, geht morgen auch noch.

Der Tod eines lieben Menschen färbt alle vergangenen Momente des Zögerns: Sie leben weiter als Momente der Bequemlichkeit. Ich bin nachlässig gewesen. Noch schlimmer, als ihm vorzuschlagen, nach Auschwitz zu fahren, ist, diesen Vorschlag zu machen und anschließend die Reise nicht zu unternehmen.

2011 bekam ich das Angebot, einer der »Parkwächter« des neuen »journalistischen Glossy-Magazins« *Park* zu werden. Die große Release-Party des Blattes fand im Paradiso statt. Obwohl das Wetter mild und herbstlich war, standen Feuerkörbe am

Eingang, und es lag Kunstschnee auf der Treppe. Eine Zeitschrift, die versuchte, die Elemente zu bestechen. Und ich wurde schwach.

Soeben hatte ich mein Geschichtsstudium abgeschlossen, ich war pleite, arrogant und naiv. *Park* bot mir viel Geld für Reisen und um Artikel zu schreiben. Anstatt nach Auschwitz fuhr ich zum Disneyland Paris. Ich erinnere mich an einen Abend, an dem ich im Bademantel und mit Mickey-Maus-Handschuhen auf meinem Disney-Bett saß und eine Flasche Whisky an den Mund führte (kein leichtes Unterfangen). Und was mich im Nachhinein regelrecht krank macht: Es verschaffte mir nicht einmal Genuss. *Ich muss mein Leben ändern.* Zu lange war ich wie ein Delphin gewesen, der – schnatternd und nach dem perfekten Regenbogen Ausschau haltend – aus dem spiegelglatten Ozean springt und wieder hineintaucht: Doch eigentlich brauchte ich das nicht mehr.

2012 machte *Park* bereits Pleite. Ich schrieb weiter. Hatte nie Zeit. Und ich habe mich nicht verändert. Ich schleiche an meinen Hotelschreibtisch und fange an zu schreiben.

VIII

»Du erinnerst mich an ihn«, sagt Frieda beim Frühstück. Es versteht sich von selbst, wer gemeint ist. »Unerschütterlich, mit einem trockenen Sinn für Humor, was auf unaufmerksame Menschen überheblich wirken mag.« Ich weiß, dass es als Kompliment gemeint ist, aber ich bin mir nicht sicher, ob ich es als solches akzeptieren kann. Als der Nicht-Wettstreit zwischen den Autoren Gerard Reve gegen Harry Mulisch noch im Gange war, schlug mein Vater sich auf die Seite des ersten. Wie Reve meinte: Mulisch is foolish. Die bekannten Vorhaltungen: Mulisch habe zu wenig Stilgefühl, er sei eitel, interessiere sich nur für die Konstruktion, nicht aber für die Psychologie seiner Charaktere (außer wenn es sich um Abspaltungen von ihm selbst handele). Ich war noch zu jung, um meinem Vater gut begründet zu widersprechen, war zu selbstbewusst, um zu rebellieren – ich wuchs in die Vorlieben meines Vaters hinein, von denen ich mich erst nach der Lektüre von Mulischs Bericht über den Eichmann-Prozess, *Strafsache 40/61,* löste.

Aber ich bedanke mich freundlich bei Frieda, ich bin ihr Gast. Natasja schiebt mir eine Day Nurse rüber, eine Tablette, die angeblich die Grippesymptome, mit denen ich kämpfe, eliminiert (vermutlich mit Hilfe des darin enthaltenen Amphetamins). Das Mittel werde auf dem Set regelmäßig zur Zufriedenheit eines jeden angewandt, versucht sie mich zu überzeugen. Ich gehorche und schlucke die Pille mit dem dünnen Kaffee. Zur Sicherheit werfe ich noch einige Paracetamol hinterher. Sie sind von der Firma Bayer, die aus der Zerschlagung der I.G. Farben hervorgegangen ist, dem Konzern, der zu 42,5% an der Deutschen Gesellschaft für Schädlingsbekämpfung beteiligt war, die seit 1926 das Patent für Zyklon B besaß.

Ein skelettartiger Bursche mit kurzem schwarzem Haar und grauer Haut stellt unsere Omeletts auf den Tisch. Frieda hat ihn bereits früher am Morgen im Raucherzimmer gesehen und beobachtet, wie er ein kleines Kuvert aus Alufolie auffaltete, das er rasch verschwinden ließ, als er sie bemerkte. Als sie ihn daraufhin fragte, ob ihm seine Arbeit gefalle, erwiderte er, er spare, um nach Australien zu emigrieren. Seine Frau sei schwanger, und sobald das Kind auf polnischem Boden zu Welt gekommen sei, würden sie die Überfahrt antreten. Der Grund: immer mehr Moslems. Es sei in Polen einfach nicht mehr sicher für Menschen, die aussähen wie er.

Frieda schaut auf ihr Telefon. Pauline Broekema vom niederländischen Fernsehen, die ebenfalls in

Krakau ist, hat versucht, Kontakt mit ihr aufzunehmen, um sie für einen Beitrag zu gewinnen. Frieda ruft zurück, entfernt sich ein paar Schritte von uns, redet eine Weile und kommt wieder. »Ich habe gesagt, ich bin mit dir hier«, erklärt sie.

»Das hat bestimmt Eindruck gemacht«, sage ich.

»Wer weiß«, antwortet Frieda milde. »Wir haben uns zum Telefonieren verabredet.«

Die Gedenkfeier, die in Auschwitz II, Birkenau, stattfinden soll, ist in Geheimnisse gehüllt. Das Personal an der Rezeption gibt sich auf eine solch übertriebene Art unwissend, die jeden vernunftbegabten Mensch vermuten lässt, dass es durchaus über Informationen verfügt. Nein, nein, hermetisch abgeriegelt, Straßen gesperrt, wirklich, berichten sie, ohne von ihren Flachbildmonitoren aufzusehen, im Fernsehen läuft *Der Untergang*.

Der Website des niederländischen Fernsehens entnehmen wir, dass die Gedenkfeier am Nachmittag stattfinden soll. Das erste Programm wird die Feierlichkeiten live übertragen. Den besten Blick der Welt hat man vom eignen Sofa aus. Natasja gibt Frieda und mir einen Sender, den wir in unsere Innentaschen stecken, ein kleines Mikrophon wird mit einer Klammer an unseren Schals befestigt.

Das Taxi ist moralisch betrachtet ein problematisches Transportmittel, wenn das Ziel Auschwitz heißt. Es handelt sich um einen Mercedes, ein Wagen der Firma, die damals nicht nur Fahrzeuge und Panzer für das NS-Regime gebaut hat, sondern auch Zulieferer bei der Produktion von Kampfflugzeugen und U-Booten war. Doch mein Philosophieren interessiert keinen. Frieda und Natasja sagen im Chor: »Im Taxi ist es wärmer als im Zug.« Wir chartern das Taxi für den ganzen Tag. Wie zwei Mädchen auf einem Schulausflug benehmen sich die beiden. Sie lesen laut in einem phonetischen Polnisch die Straßennamen vor, zeigen sich Fotos auf ihren Smartphones, beschwören mich mütterlich, keine Sachen zu stehlen, wissen einen guten Gin Tonic zu schätzen und vergleichen alles mit Paris. Ich weiß jetzt schon, dass ich die beiden vermissen werde, doch anstandshalber lasse ich sie das nicht spüren.

Ich frage den Fahrer, einen etwas älteren, jüdisch aussehenden Mann, der Kazimierz heißt, nach seiner Meinung über Auschwitz als Touristenattraktion. Er sei viermal dort gewesen, zweimal aus eigenem Antrieb und zweimal als Chauffeur. Jedes Mal, wenn er dort gewesen sei, habe es ihm die Sprache verschlagen. »It's not normal what happend there«, lautet seine Quintessenz.

Der Schnee färbt auf den Himmel ab, die ganze Welt ist weiß. Das Radio pumpt ABBA durch das Taxi. *Dancing Queen: Having the time of your life*. Fasane fliegen vorüber. Wir kommen an einem brennenden Häuschen vorbei, Flammen schlagen aus ihm heraus. Jeder wartet darauf, dass ein anderer etwas dazu sagt. Wir fahren weiter.

An den Kreisverkehren, wo es regelmäßig Unfälle gibt, hat man Marienbilder aufgestellt. In einem Supermarkt an der Straße kaufe ich Zahnpasta und eine Zahnbürste. Den Mund spüle ich mit frischem Schnee.

Alle paar Kilometer steht ein Polizist am Wegesrand, doch keiner von ihnen will unsere Pässe sehen. Wir erwarten, jeden Moment zurückgeschickt zu werden. Dann sehen wir vor uns ein Ortsschild: Oświęcim. Jeder Rauch aus Fabrikschornsteinen ist ab jetzt verdächtig. Da taucht es auf. Das Tor. Der Ort des Verbrechens. Wir haben es geschafft.

Auf dem Parkplatz stehen nur wenige Autos. Dieses Gelände, das ich bereits so oft auf Bildschirmen gesehen, über das ich so viel gelesen habe – wie wird es auf mich wirken? Wie ein Filmset oder wie eine unbegreifliche Wirklichkeit, die so sein muss, wie sie ist?

Man drückt uns einen blauen Aufkleber auf die Mäntel, genau auf die Stelle, wo das Herz ist. Museum Auschwitz-Birkenau. An der Wand des Empfangsgebäudes hängt ein Schild: *Be aware of pickpockets*.

Vor lauter Nervosität versuche ich, ein Selfie zu machen, mit dem Tor im Hintergrund – wer alles wagt, kennt keine Angst. Doch jedweder Mut schwindet mir. An Lourdes glaube ich nicht, an Auschwitz dafür umso mehr. Dies ist der Ort, an dem, wie es der (polnische) Papst Johannes Paul II. ausgedrückt hat, »mit dem menschlichen Gewissen abgerechnet wurde«.

Es ist sehr kalt, überall wirbeln Schneeflocken, beinahe leuchtend, wie Glühwürmchen. Ich bin kein Wintersportkind, ich trage das ganze Jahr über Sommersneakers. Meine Socken saugen sich augenblicklich voll, innerhalb weniger Minuten sind meine Füße gefühllos. Ich nehme noch eine Day Nurse.

Zum Glück gibt es hier nicht die unschönen Nebenwirkungen – Souvenirläden, munteres Wachpersonal, angrenzende Cafés –, die touristischen Sehenswürdigkeiten mitunter anhaften. Kurzum, von all dem Kulturkitsch hier keine Spur. Ich komme mir nicht vor wie ein Konsument, sondern wie ein Zeuge.

Schnee bleibt auf dem Stacheldraht liegen. Manchmal, als puste es jemand an, fällt ein Häufchen herunter. Das Lager ist vollkommen leer. Kaum Fremdenführer, keine Chinesen. Fast alle Touristen wurden abgeschreckt, beinahe niemand hat es gewagt, auf gut Glück zu kommen. Die Menschen, die hier sind, stolpern ebenso verwirrt umher wie ich. Die Baracken, die Wachtürme, die Betten, die an Kleiderhaken baumelnden gestreiften Anzüge – alles scheint Teil einer Inszenierung zu sein, nur für uns. Die Atmosphäre ist intim, sublim, beklemmend.

Ich versuche die Anwesenheit der Kamera, die alles registriert, zu vergessen. Ich erzähle Frieda nicht von Daan und seinem Vater. Die Geschichte von Auschwitz ist nicht die meine und wird es auch nie werden. Demut ist angebracht. Daan machte mich mit dem Begriff *Leidadel* bekannt, ursprünglich ein Ausdruck von Ischa Meijer, der als Kind Bergen-Belsen überlebt hat. Der Gedanke dahinter: Mit für jeden erkennbarem, allgemein akzeptiertem Leid – Kriegsleid eignet sich am besten hierfür – geht Prestige einher. Wer am meisten gelitten hat, steht an erster Stelle und darf das Wort führen. So lautet der Kodex der Betroffenen. Laut der Rangordnung des Leidadels bin ich, so wie alle anderen meiner Generation auch, weniger als ein Schildknappe.

Ich bin ein treuer Besucher der Veranstaltungen am 4. Mai, bei denen der Toten des Zweiten Weltkriegs gedacht wird. Früher ging ich an der Hand meines Vaters (einer der vielen Tausend Amateurhistoriker, die es in unserem Land gibt; eine alte Granate dient ihm als Aschenbecher, und er ist immer noch gerührt, wenn er Winston Churchills Stimme hört) zur Apollolaan, wo am 24. Oktober 1944 bei einer Vergeltungsaktion 29 Geiseln von den deutschen Besatzern erschossen wurden. Seit 2005 stehe ich an diesem Tag in Amsterdam auf dem Dam, wo die zentrale Gedenkfeier stattfindet.

4. Mai 2010: Der Damschreier. Die zerbrechliche Stille auf dem Platz wurde von knallenden Geräuschen durchbrochen. Alle dachten sogleich, es handele sich um Pistolenschüsse; die Menge wandte sich in Richtung der Zugangsstraßen und begann zu rennen. Kinder stürzten, Pferde gerieten in Panik, laute Schreie ertönten. Stolpernd flüchtete ich mich in eine kleine Seitenstraße. Ein Korpsstudent stand japsend an eine Wand gelehnt. »Fuck, Alter«, sagte er. »Das war wie im Krieg.« Ich nickte nur. Später stellt sich heraus: Auslöser des Tumults war ein verwirrter Mann.

Vielleicht liegt es an meinem Wissen über den Leidadel, dass ich immer Schwierigkeiten hatte mit dem Bonmot von Harry Mulisch – Sohn eines österreichisch-ungarischen Vaters mit dubiosen Freunden und einer deutsch-jüdischen Mutter –, er habe den Zweiten Weltkrieg weniger erlebt, er *sei* vielmehr der Zweite Weltkrieg. Möglicherweise stört mich die Aneignung, die darin steckt: Der Zweite Weltkrieg, das bin ich. (Zum Vergleich: Mein Großonkel Carel, ein Onkel meines Vaters, war ein halbes Jahr lang Mitglied der niederländischen nationalsozialistischen Partei NSB – auch keine echte Kämpfernatur also –, während der Bruder meines Großvaters mütterlicherseits, Henk Brinkgreve, 1940 nach England floh. Er spielte eine wichtige Rolle im Widerstand und sprang 1944 mit dem Fallschirm über den Niederlanden ab. Am 5.

März 1945 wurde er in der Nähe von Enschede auf einem Bauernhof erschossen. Postum wurde ihm 1946 der Militärische Willems-Orden verliehen. Ich habe also den Zweiten Weltkrieg weniger erlebt, sondern bin vielmehr der Großneffe des Frisörs des Schwagers, der einmal mit dem Krieg im Aufzug gefahren ist.)

Ich teile Frieda meine Bedenken bezüglich des Zitats ihres Vaters mit. »Aber so darfst du das gar nicht sehen«, erwidert sie mit einer Schärfe, die mich erstaunt. Ich frage sie, ob sie sich daran erinnern kann, dass er vom Krieg erzählt hat. Das habe er fast nie getan, sagt sie. Doch ihr fällt ein, dass er sich hin und wieder ein Video mit Bildern aus den Konzentrationslagern ansah, das mit triumphaler kommunistischer Propagandamusik unterlegt war. Dann seien Tränen über seine Wangen geflossen, und seine Töchter durften unter gar keinen Umständen zu ihm rübersehen.

Wir kommen an der Stelle vorbei, wo das Gefangenenorchester spielte. Block 10, wo Daans Vater Sal einst arbeiten musste. Ich gehe hinein, gehe an den Kammern entlang, versuche, meine Phantasie in Zaum zu halten.

Zwischen Block 10 und Block 11 steht die Mauer, an der Gefangene erschossen wurden. Der Boden vor der Todesmauer, an der rund 20.000 Menschen ermordet wurden, war bis in vier Meter Tiefe mit Blut getränkt. Ein polnischer Reporter berichtet. Vor der

Mauer liegen Kränze. Ich lasse mich durch die polnische Kamera nicht aufhalten – dann hätte man uns eben besser informieren müssen. (Irgendwo in einem polnischen Nachrichtenarchiv gibt es jetzt Bilder von einem jungen Mann in Lederjacke, der Kränze betrachtet.) Ein deutscher Kranz, ein polnischer, ein italienischer, kein niederländischer. Ganz vorne, auf einem hölzernen Ständer, liegt der Kranz der Amerikaner, im Namen der *People of the United States*. Sie haben sich ihre Unbescheidenheit verdient. Ohne sie – usw. Aber wo ist der Kranz der Russen?

Das lässt sich mit Worten nicht beschreiben. Das ist der übliche Seufzer. Laut Harry Mulisch ist Auschwitz »der einsamste Ort auf Erden«, und er lasse sich nur durch Schweigen beschreiben. Ich würde sagen: Dieser Ort lässt sich nur durch Schweigen *erfahren*. Nichts sagen, umhergehen, herumirren in dem Geräuschvakuum, das 1,1 Millionen Stimmen verschlungen hat.

Auschwitz ist ein Ort mit theologischer Reichweite; während ich hier umhergehe, denke ich mehr über Gott nach als je zuvor. In der ganzen Weltgeschichte gibt es keinen Ort, wo Gott mehr und grausamer abwesend war als hier. Ich muss mir wiederholt ins Gedächtnis rufen, dass ich ja ungläubig bin. Möglicherweise denke ich nur an ihn, um ihn verurteilen zu können.

Das vorige Chanukka-Fest habe ich mit einer orthodox-jüdischen Familie in Jerusalem gefeiert; wir aßen Latkes und sprachen darüber, ob der Antisemitismus nun zunimmt oder nicht. Am Tag zuvor hatte ich in dem berühmten runden Raum von Yad Vashem gestanden, wo einen die Namen aller Opfer anstarren. Und jetzt stehe ich hier, taubstumm. Ich fühle und denke nichts, was nicht jemand anders hier bereits gefühlt oder gedacht hat. Aber das ist nicht schlimm. Das Bedürfnis, originell zu sein, ist in Auschwitz eine Form von Größenwahnsinn. Die Stille, die einem am 4. Mai in Amsterdam von außen auferlegt wird, kommt hier von innen heraus.

In einem Gang von einem der Blocks hängen Hunderte Porträtfotos von Gefangenen. Auf der linken Seite die Frauen, auf der rechten die Männer. Die Fotos zeigen keinen Unterschied zwischen jenen, die kampfesbereit, und jenen, die gebrochen in die Linse schauten. Alle gleich, alle tot. Ich versuche, sämtliche Gesichter in mir aufzunehmen, mit dem Effekt, dass sie praktisch sogleich wieder verschwimmen. Aber ich würde es mir auch nicht verzeihen, wenn ich mich an den einen erinnern könnte, an den andern aber nicht. Dann bleibt mein Blick hängen. Kazimierz Poltynski, Nummer 12722. Derselbe Vorname wie unser Fahrer. Und als ich genauer hinsehe, meine ich, in diesem Gesicht das seine zu sehen. Nur einen Moment lang.

Im Keller desselben Blocks wurden 1941 die ersten Massenversuche mit Zyklon B unternommen. Ich schlurfe über den Betonfußboden der Gänge, folge Fußspuren, die es nicht mehr gibt.

Im daneben liegenden Raum stehen die Öfen. Die eisernen Türen sind geöffnet. Kurz suche ich nach dem Stein, den Daan hier zurückgelassen hat, aber ich weiß nicht einmal, wie der aussieht. Einer der wenigen Touristen bückt sich und klettert in einen der Öfen. Seine Wanderschuhe ragen heraus. Ein Blitz – der Mann hat seinen Schnappschuss gemacht. Er kommt wieder heraus, klopft seine Ärmel ab.

Ich gehe los, beschleunige meine Schritte, lasse das zweiköpfige Kamerateam hinter mir, trete hinaus an die frische Luft. »Es geschah mit Billigung der Natur«, wird die Gefangene 48693, eine polnische Frau mit rot gefärbtem Haar, die das Lager als Kind überlebt hat, später am Nachmittag mit bescheidener Stimme in ihrer Rede sagen. »Es geschah bei Regen, es geschah bei Schnee.« Niemand ist jemals durch diesen Schnee gegangen, rede ich auf mich selbst ein, dieser Schnee ist unschuldig. Ich gehe in entgegengesetzter Richtung durch das Tor, schaue mich um. Natasjas Linse hat mich wiedergefunden und zoomt mich näher ran. Ein ähnliches Bild wie jenes, das einst von Daan gemacht wurde, gibt es jetzt auch von mir.

Der nächste Halt ist Birkenau. Frieda, Natasja – zufrieden mit den gemachten Bildern – »Es sieht großartig aus!« – und ich steigen wieder ein. Den Fahrer Kazimierz wage ich nicht mehr anzusehen. (Später am Nachmittag, während der Zeremonie, wird ein KZ-Überlebender namens Kazimierz Albin das Wort ergreifen. Auch er ähnelt dem Taxifahrer sowie dem Mann auf dem Foto. Alles in allem ein bizarres Trio, das sämtlichen Vorstellungen von Logik spottet.)

Als wir uns Birkenau nähern, werden wir zu einem Parkplatz geleitet. Dort steht ein grünes Zelt, in dem wir einer Leibesvisitation unterzogen werden. Filmen ist nicht erlaubt. Neben dem Zelt warten rund achtzig Menschen, zu denen auch wir uns gesellen. Mit einem Bus sollen wir, die *lucky few,* nach Auschwitz II gebracht werden, um dort an der *celebration* – aus irgendeinem Grund hatte ich eher mit dem Ausdruck *remembrance* gerechnet – teilzunehmen.

Ein korpulenter Mann dreht sich um, als er unsere Stimmen hört. Er ist Niederländer, wie sich herausstellt, aus Waalwijk, einer Stadt, die für ihre Schuhfabriken bekannt war. Sein Name ist Hennie, und er ist Berufssoldat (ein Kriegsfetischist). Hennie hat einen Walrossschnauzbart und fleischige Ohrläppchen. Er ist mit seinen beiden Söhnen gekommen, Martin und Frank. »Das ist doch interessant. Man will einfach dabei sein.« Vor fünf Jahren, beim 75. Jahrestag, war es Hennie sogar gelungen, in die Nähe der hohen Würdenträger zu kommen. »Je schwerer man es uns macht, umso größer ist doch die Herausforderung.« Aber warum macht er sich all die Mühe? Er sucht nach Worten. »Es ist irgendwas zwischen den Ohren«, sagte er schließlich. »Und ich mache es natürlich für die Jungen. Manchmal schimpfen sie auf eine bestimmte Bevölkerungsgruppe, wenn ihr versteht, was ich meine. Und dann sage ich: Nein, ihr wisst, wohin das führen kann.« Die Jungen nicken zustimmend.

Als Hennie 2010 wieder zu Hause war und sich die niederländische Übertragung der Zeremonie im Fernsehen ansah, ist ihm etwas Merkwürdiges aufgefallen. Nach drei Stunden, 42 Minuten und 44 Sekunden, in dem Moment, als im Bild der Satz »Mögen sie ruhen im Garten Eden« erschien, war ein runder Ständer mit Kerzen zu sehen, und auf diesem Ständer flackerten die beiden zackigen Buchstaben »S«, die zusammen das SS-Logo bilden. Hennie wusste nicht, was er davon halten sollte. Er unterrichtete Yad Vashem von seiner Beobachtung, doch dort teilte man ihm mit, dass von einer verkappten neonazistischen Botschaft der polnischen Regierung keine Rede sein könne. Doch was war es dann? Zufall? Keine Antworten.

Die gibt es schlichtweg nicht. (Man kann sich die Übertragung in der Mediathek des niederländischen Fernsehens ansehen. Halten Sie das Bild an dem oben angegebenen Zeitpunkt an, und Sie werden verblüfft sein.) Der Krieg ist längst vorbei, aber der Kaffeesatz ist schwarz vor Erinnerung und Zeichen.

Wir steigen in den Bus und rumpeln durch die weiße Landschaft. Hirsche und Rehe suchen unter den Bäumen Schutz vor dem Schnee, der immer kräftiger fällt. Sollte man übrigens auf den drei Kilometern zwischen Auschwitz und Birkenau von Hunger überfallen werden, so kann man wählen zwischen Kentucky Fried Chicken und McDonald's.

Uns gegenüber sitzt ein polnischer Mann, der unaufhörlich auf uns einredet. Natürlich verstehen wir nur die wenigen Worte universellen Charakters. Auf dem Schoß hat er eine rote Sporttasche. Als Frieda ihn fragt, was darin ist, umklammert er sie wie ein Baby und lacht grundlos auf. Einen Moment lang bin ich mir sicher: Ich sterbe heute, hier, in diesem Bus, durch die Bombe dieses Halbirren. Dann öffnet er den Reißverschluss der Tasche. Er hält ein kleines Fläschchen Schmieröl hoch, zeigt uns selbstgedruckte Broschüren über das Lager mit verstümmelt gezeichneten SS-Männern. Da sie nicht recht weiß, wie sie reagieren soll, bietet Frieda ihm etwas Geld an. Beleidigt schüttelt er den Kopf. Dann gibt er uns mit der Hand ein Zeichen, wir sollen näher kommen. Vier Köpfe, die einander beinahe berühren. Leise, fast flüsternd stimmt er ein zerbrechliches jiddisches Schlaflied an, das ein paar Minuten lang ist.

Bei Ankunft in Birkenau erschlägt uns die gewaltige Größe. Stacheldraht, so weit das Auge reicht. Es ist gut vorstellbar, dass man, nachdem man hier Monate oder gar Jahre verbracht hat, zu glauben beginnt, die ganze Welt sei von Lagermauern umschlossen. Es ist unbegreiflich, dass hier so viele Menschen gestorben sind, doch noch schwieriger ist es vielleicht zu begreifen, dass es Menschen gegeben hat, die dies hier überlebt haben. (Die Frau, die einst auf den Namen 48693 hörte, wird uns nach ihrer Rede gestehen, sie sei unzählige Male gestorben.)

Zwischen den Baracken hat man heute Dixie-Toiletten aufgestellt. Es gibt einen Erste-Hilfe-Posten, zwei Rettungswagen stehen bereit. Wir werden nach links dirigiert, in Richtung eines riesigen Bildschirms.

Zweihundert Menschen, schätze ich, nicht mehr, ein paar Hundert Meter von den Krematoriumsöfen entfernt. Sie frieren vor Kälte, manche haben sich in israelische Flaggen gehüllt, andere in eine Aluminiumfolie, die sie von den Rotkreuzhelfern bekommen haben, wie auf einem Pop-Festival. Auf dem Rücken einer alten Frau ist ein schwarzes Schild mit der Aufschrift »NIE WIEDER« befestigt. Das große Zelt, in dem die Regierungschefs und die Ehrengäste Platz genommen haben, ist nun auf dem Bildschirm zu sehen. Es wirkt recht behaglich, dort drinnen. Die blaue Plane sorgt für eine idyllische Glut, die unpassend wirkt. Das Eisenbahngleis teilt die Ehrengäste: die eine Hälfte sitzt links davon, die andere rechts. Der Wachturm und das Eingangstor sind beleuchtet, als handele es sich um Theaterkulissen. Natasja bezeichnet es als *Soft-box*-Licht, wie es oft in Fernsehstudios verwendet wird, um Moderatoren und Gäste schöner, glatter und jünger erscheinen zu lassen. Wenn ich die Gesichter um mich herum betrachte, sehe ich nur Gruben, Furchen, Augenringe. Die stimmungsvollen Geigen, die im Zelt zu hören sind, gelangen durch große Lautsprecher zu uns. Das Geräusch ist ohrenbetäubend. Ich würde gern wissen, bis zu welcher Baracke die Geigen reichen und wo die Stille beginnt.

Unser König erscheint im Bild, er sitzt in der ersten Reihe, mit einer blauen, teuer aussehenden Kippa auf dem Kopf. Es wird einem in diesen Tagen nicht leichtgemacht, ein Monarchist zu sein. Er scherzt ein wenig mit seinem Nachbarn, lacht. Er hat Raucherzähne. Dann ein Schwenk zu einer Bank mit Überlebenden. Das Wort klingt triumphal, doch wenn man in die wässerigen Augen schaut, dann sieht man nichts als Verstummen. Ich versuche, den Mann aus dem Flugzeug zu auszumachen, kann ihn aber nicht entdecken. Ich würde ihn wiedererkennen, dessen bin ich mir sicher.

Steven Spielberg ist auch da. Er hat keinen kleinen Kopfhörer am Ohr. Vielleicht versteht er Polnisch, vielleicht ist er aber auch zu eitel, um ein solches Hilfsmittel zu benutzen. König Philippe von Belgien spielt mit seinem Telefon. Unser König hört auf zu lachen: Die Feierlichkeiten beginnen jeden Augenblick. Draußen rücken zweihundert Seelen dichter zusammen, auf der Suche nach Körperwärme. Was wir von nun an sehen, ist das, was der niederländische Fernsehzuschauer auch sieht.

Die Gefühllosigkeit erstreckt sich inzwischen bis in meine Unterschenkel. Offenbar sind meine Lippen blau. Wir kehren zum Bus zurück. Ein alter Mann kommt auf uns zu. Er hat unsere Kamera gesehen und muss unbedingt etwas loswerden. Natasja filmt. Seine Frau und er, beide jüdisch, sind aus Tschechien gekommen, um hier dabei zu sein. Fast drei Stunden haben sie in der Kälte gestanden, seine Frau ist krank, weigerte sich aber, vor der Zeit zu gehen. Jetzt hat er sie doch dazu überreden können, heimzukehren. »We outside in freezing cold. Government in tent. Why? Where were they seventy years ago?« Zitternd vor Kälte und Wut geht der Mann weiter. Er legt einen Arm um seine Frau, reibt ihre Schulter warm.

Ich pisse nicht auf den Stacheldraht, ich muss keine Teufel austreiben. Geistesabwesend steige ich um ein Haar in den Bus, der in die Ukraine fährt. Frieda rettet mich.

Die Dämmerung setzt ein. Das Dunkel breitet sich über die Baracken, den Schnee und die Menschen. Meine Zähne klappern. Natasja legt mir ihren Pelzmantel um die Schultern, der Bus schaukelt. Unendlich viele Fragen gehen mir durch den Kopf. Ehren wir die Opfer mehr oder besser, wenn wir, um ihnen zu gedenken, nach Auschwitz reisen und uns an den Teufelsreliquien vergaffen, die die Vernichtung uns hinterlassen hat, oder sollten wir nicht lieber einfach weitermachen, unerschütterlich, indem wir wirklich in der felsenfesten Überzeugung leben, dass alles, was es heute gibt, auch morgen noch da sein wird? Indem wir Auschwitz als eine Allegorie begreifen, die sagt: *Lasst unsere Vergangenheit nicht eure Zukunft sein*, oder indem wir das Lager als das schrecklichste einmalige Ereignis bezeichnen, das es in unserer Geschichte gegeben hat und je geben wird? Müssen wir uns überhaupt zwischen diesen Möglichkeiten entscheiden?

Später am Abend sehe ich die Reportage, die Pauline Broekema für das niederländische Fernsehen gemacht hat. Sie hat einen der eingeladenen niederländischen Überlebenden begleitet. Sie spricht mit salbungsvoller Gedenkstimme. Den Verlockungen der eindeutigen Gefühlsduselei erlegen. Ich vereinbare mit Frieda, dass sie, sollte die Journalistin noch einmal anrufen, nicht rangeht.

In der Kneipe an dem Platz vor unserem Hotel treffen wir zufällig Hennie und seinen Waalwijker-Clan wieder. Als ich ihn nach den Erlebnissen des heutigen Tages frage, fällt ihm nicht sehr viel mehr ein, als dass es »unbeschreiblich« war. Und dass seine Nackenhaare sich ein paar Mal aufgerichtet haben. Er hat recht: Der Besuch des Lagers ist vor allem eine physische Erfahrung, die man sich nicht ausdenken kann. Brüderlich trinken wir Bier. Als ich die Kneipe verlasse, ruft er munter: »Bis in fünf Jahren.«

Es schneit ein wenig, ich stecke die Hände tief in die Taschen.

Was genau ich beweisen wollte und wem, ist mir noch immer nicht klar. Dass ich mich trotz allem getraut habe herzukommen? Dass ich beim Anblick des Sanctum Sanctorum menschlicher Grausamkeit nicht mit den Augenlidern klimpere? Dass es mir freisteht, an jedem Ort der Welt meinen Koffer abzustellen? Die möglichen Antworten sind ebenso vielfältig wie unbefriedigend.

Vielleicht wollte ich mir vor allem beweisen, dass Daan für mich so wichtig war, wie ich immer geglaubt habe. Vermutlich würde Daan sagen, ich hätte ihn besser geehrt, indem ich nie nach Auschwitz gefahren wäre. Doch danach hätte er väterlich gelacht, hätte mit einer Hand auf den Tisch geschlagen und gesagt: »So, und jetzt einen Jonge Genever.« Wahrscheinlich ist es sentimental, auf einen Namen stolz zu sein, vor allem auf einen so häufig vorkommenden wie meinen. Doch keiner der zahlreichen Jungen (und wenigen Mädchen), die alljährlich den Namen Daan bekommen, ist nach Daan de Jong benannt. Niemand hat meinen Namen.

IX

Daans Tod kam unerwartet. Er sah öfter mal ungesund aus, ließ sich schon seit längerem eisenreiches Blut infundieren. Nichts deutete darauf hin, dass dieser Arztbesuch die Ankündigung seiner letzten Runde sein würde. Er hatte sich seit einer Woche nicht gut gefühlt, ihm war schwindelig, er war müde und hatte große Schmerzen. Eine innere Blutung, stellten die Ärzte fest. Sie würden ihn schon wieder zusammenflicken. Daan bekam viel Besuch. Er machte noch Scherze darüber: So viele schöne Frauen an seinem Bett, das hatte es lange nicht gegeben.

Doch jede folgende Diagnose fiel schlechter aus als erhofft, der Reihe nach versagten seine Organe, und plötzlich lag er auf der Intensivstation. Seine Nieren funktionierten nicht mehr richtig, Arme und Beine waren aufgedunsen, die Haut war aufs Äußerste gespannt. Die Schmerzen waren heftig und konstant. Die Blutung konnte nicht gestoppt werden. Er lief langsam aus.

Dann verlor er das Bewusstsein, und er war nicht länger ansprechbar. Die Augen waren fast un-

unterbrochen geschlossen. Schläuche in Mund und Nase, überall Infusionen, undefinierbares Röcheln.

An einem seiner letzten Tage berührte ich seinen Ballonarm, schlagartig hoben sich die Lider. Ich wollte jemanden rufen – Freunde standen auf dem Flur, redeten und weinten –, doch zugleich wollte ich dieses Gefühl des Auserwähltseins nicht zerstören: Er sah *mich* an. Aber er sah mich nicht an. Sein Blick war trüb, unpersönlich, leblos.

Er starb am Abend des 1. Februar 2014. Ich war zu Hause. Als mein Telefon klingelte, wusste ich sofort, was passiert war. Es war mein Vater, er sprach leise und mit ungläubiger Stimme. Das Erste, was ich danach machte, war, ins Marcella gehen und fragen, ob Daan dort noch einen unbezahlten Deckel liegen hatte. Das schien mir etwas zu sein, was Menschen tun oder zumindest einmal taten. Es stand kein einziger Stern am Himmel, nur der kalte Mond.

Später erfuhr ich, dass Daans Arzt vorgeschlagen hatte, eine Obduktion durchführen zu lassen, um herauszufinden, was in dem Körper passiert war. Abel überzeugte die anderen, die rund um das Bett standen, davon, dass man seinen Bruder nicht aufschneiden dürfe. Daans Tod solle ein Mysterium bleiben, ebenso unakzeptabel wie unwiderleglich.

Zusammen mit fünf anderen hob ich am Tag seines Begräbnisses den Sarg aufs Boot, das vor dem

Theater Carré festgemacht hatte, um von dort zum Friedhof Zorgvlied zu fahren. Die anderen fünf kamen aus Amsterdam-Noord und sahen aus, als stammten sie aus einem Dokumentarfilm über die *Bloods* – oder die *Crips*, keine Ahnung. Ziegenbärtchen, Bandanas, eine tätowierte Träne auf der Wange.

Auf dem schwankenden Holz des Boots stehend, ergriff Abel das Wort. Wir fuhren an der elterlichen Wohnung vorüber. Das Haus, das von den Nazis konfisziert worden war, markiert die einzige Zeitspanne, in der die Brüder zusammen waren. Abel deutete auf das andere Ufer der Amstel, auf Daans Anwaltskanzlei. Jeden Tag hatte Daan dort am Fenster gestanden, auf das Haus starrend, an das er kaum Erinnerungen hatte. Daan hatte, wie er einmal gestand, immer das Gefühl gehabt, seine Eltern könnten eines Tages wiederkommen.

Es regnete, und plötzliche Böen drehten die Regenschirme auf links; alle Gesichter waren bleich. Himmel und Wasser waren monochrom grau.

Ein Sarg ist fürchterlich schwer. Das hatte ich mir nie bewusst gemacht. Zu sechst hoben wir den Sarg ans Ufer, schlurften vorwärts, in meiner Nase, die an den Hinterkopf meines Vordermannes gedrückt war, der Geruch von billigem Haargel. Kleine Schritte, links, rechts, links, rechts. Die Kante des Sargs schnitt

in meine Schulter. Nicht zusammenbrechen, weitertragen, noch einen Schritt, noch einen Schritt.
Die Grabreden waren schön, von Ausnahmen abgesehen. Mein Vater weinte. Das hatte ich noch nie gesehen. Es waren behutsame, kultivierte Tränen.

Der Höhepunkt der Zeremonie war der Stolz des älteren Bruders ob der Tatsache, dass Daan nicht weniger als zweihunderttausend Euro Steuerschulden hinterließ: »Und sie werden ihn zum Glück nicht mehr zu fassen bekommen.«

Noch vor wenigen Monaten hatte Daan gemailt: »›Berichte über meinen Tod sind stark übertrieben‹, sagte Michail Tal, Schachwunder in meiner Jugendzeit, einmal. Das sage ich jetzt auch. Zum Glück berichtet man nur Gutes über mich. Alles Liebe, Daan.«
Der Mann, der immer da war, war verschwunden. Die einzige Person, die mich besser verstand als ich sie, lag jetzt unter der Erde.

X

28. Januar, *The morning after*. Meine Fersen sind von unappetitlichen, halb entzündeten Blasen bedeckt. Nach dem Frühstück macht Frieda endlich das geplante Interview mit mir. Wir sprechen nur über Momente, die von der Kamera festgehalten wurden. Natasja meint, ein altes Fernsehgesetz besage, dass das, was nicht gefilmt wurde, auch nicht passiert ist. Ein Satz, den ich nie vergessen werde.

Ich bin nie so uninteressant gewesen wie heute, hier. Ich rede, höre mich selbst aber nicht. Ich war aus den falschen Gründen hier, zur falschen Zeit, ohne Daan, aber zumindest doch am perfekten Ort, um die Leere in ihrer Gänze zu empfinden. Daan war ein vergebungsbereiter Mann. Ich höre sein Lachen. Es hat nicht einmal genieselt.

Auf dem Bürgersteig vor dem Hotel verabschieden Frieda und ich uns von Natasja, die zunächst nach Deutschland fliegt. Dann kommt Kazimierz mit seinem Taxi. Zum letzten Mal wundert Natasja sich darüber, dass hier ja alles so billig ist. *Group hug*. Wir verabreden, miteinander in Kontakt zu bleiben, was vermutlich nicht geschehen wird. Der

Schicksalsverbundenheit von Reisegenossen gebührt nur eine kurze Dauer.

Die Kleinbusse mit der Aufschrift »Jewish Quarter – Ghetto« fahren wieder, Männer mit fluoreszierenden Westen stehen an den Rändern der Dächer von monumentalen, schlecht instand gehaltenen Gebäuden und schaufeln Schnee herunter, große Brocken zerplatzen mit einem Schlag auf dem Trottoir, das mit Flatterband abgesperrt ist. Ab und zu jagt eine Kolonne vorüber. Zwei Polizeiwagen mit Sirenen und Blaulichtern, ein SUV mit verdunkelten Scheiben, in dem hochgestellte Persönlichkeiten sitzen. Kazimierz nennt sie verächtlich *the delegates*. Ein Kind in einer rosafarbenen Bomberjacke überquert auf einem Dreirad die Straße. Der ganze Verkehr hält an. Die Räder rumpeln über die Straßenbahnschienen, tsadäng, tsadäng, tsadäng.

Im Flugzeug sitzen wir wundersamer Weise wieder genau hinter dem alten Mann und seinem Enkel. Jetzt tragen beide eine schwarze Mütze. Der alte Mann blättert in *Le Monde* und hält bei einem Artikel über die Feierlichkeiten inne, denen er gestern beigewohnt hat. Er liest langsam und konzentriert. Danach faltet er die Zeitung zusammen. Nichts deutet mehr auf seine Anwesenheit in der Halle hin, ein Außenstehender sieht einen Großvater mit seinem Enkel auf dem Weg nach Hause.

Die Schwarzweißfotos von Polen weichen, Farben leuchten auf.

Als ich Frieda nach ihren Eindrücken der letzten Tage frage, erwidert sie: »Ich fahre bestimmt noch einmal hin. Ich habe irgendwie das Gefühl, nicht wirklich dort gewesen zu sein.« Exakt der Grund, warum wir noch die Chance auf eindeutiges Glück haben.

Im Brüsseler Flughafen steigen wir auf ein Laufband der Firma Schindler. Aus den Lautsprechern erklingt *The Sound of Silence*. Auf einem Bildschirm flackert ein Nachrichtenbeitrag vorüber. Der Vorsitzende der jüdischen Gemeinde von Rom ist nach der Gedenkfeier in Auschwitz unglücklicherweise im Lager eingeschlossen worden. »Zusammen mit einigen anderen Gästen musste er einen Teil der Nacht bei bitterer Kälte in dem Lager verbringen, in dem seine Großeltern ermordet wurden.«

Dann sind wir wieder in den Niederlanden. Überall Stau. Im Zug stinkt es nach Kaugummi und Nagellack. In Schiphol steigt Frieda aus. Wir umarmen einander. Sie trägt immer noch die roten Moonboots.

Zu Hause entferne ich den Auschwitz-Aufkleber von meinem Mantel (warum erst jetzt?), lasse den Koffer auf den Boden fallen und setze mich aufs Bett. Der letzte Satz von *Strafsache 40/61* lautet: »In weiter Ferne pfeifen noch unaufhörlich Lokomotiven.« In meiner Ferne ist eine Amsterdamer Straßenbahn zu hören, danach lange nichts, dann Radfahrer, Lachen, Rollkoffer. Eine Stunde später verlasse ich das Haus. Im Marcella, wo ich seit Daans Begräbnis nicht mehr gewesen bin, werde ich auf meinen Namen einen neuen Deckel anlegen lassen.

Dank

Dieses Buch beinhaltet meine Erinnerungen an Daan de Jong (zumindest einen Teil davon). Es ist nicht als (kleine) Biographie gedacht. Ich hoffe, dass die Menschen, die in Daans Leben eine große Rolle gespielt haben, für die aber in dieser Geschichte kein Platz war, sich nicht gekränkt fühlen. Zu Dank verpflichtet bin ich Simonka de Jong wegen ihrer schönen Dokumentation. Danken möchte ich außerdem Bob Baars, Arend Jan Heerma van Voss und Ineke de Jong für ihre Offenherzigkeit.

Verlorene Geräusche, ewige Frequenzen

Rede von Daan Heerma van Voss
anlässlich der Gedenkfeier
für die Toten des Zweiten Weltkriegs
am 4. Mai 2018 in Amsterdam

Er war bereits ein wenig älter, der Marchese Guglielmo Marconi, der Urvater des Radios, als er in den Bann einer neuen Theorie geriet. Inzwischen in den Sechzigern, das Herz erschöpft von zahlreichen kardiovaskulären Anfällen, meinte Marconi, dass Geräusche, nachdem sie einmal erklungen waren, zwar an Lautstärke verlieren, aber niemals verschwinden. Dies war ein Gedanke mit weitreichenden philosophischen Folgen. Wenn er richtig war, dann wäre es, wenn man über die entsprechenden technischen Mittel verfügte, ja möglich, »verlorene Geräusche« zu empfangen. Und wenn *das* möglich war, dann könnte das entsprechende Gerät anhand dieser »ewigen Frequenzen« die Geräusche aus der Vergangenheit erneut abspielen. Am Ende seines Lebens war Marconi davon überzeugt, dass er, auf einer kleinen Piazza in

Rom sitzend, ein Peroni in der Hand, alles hören konnte, was jemals zu ihm oder über ihn gesagt worden war. Und wenn er sein Gerät einst konstruiert haben würde, so prahlte er gegenüber Freunden und Passanten, dann werde er Jesus die Bergpredigt halten hören.

Alles hören, immer, überall, das war sein Traum. Nehmen wir nun einmal an, ich verfügte über Marconis Gerät und könnte die Geräusche der letzten achtzig Jahre hören. Was würde *ich* hören?

Vielleicht würde ich hören, wie der Bruder meines Großvaters, Onkel Henk, 1944 mit dem Fallschirm in der Nähe von Twente landet, nachdem er als Englandfahrer ein bedeutender Mann im Widerstand geworden war. Das Rascheln der Blätter, ein harter Aufprall, vielleicht kommt ihm ja ein Fluch über die Lippen. Vielleicht höre ich den Schuss des niederländischen SS-Mannes, der ihn am 5. März 1945 in Losser fällte; Henk wurde in den Rücken geschossen, als er andere warnte. Vielleicht höre ich die Eltern meines lieben Freundes und Namensgebers Daan de Jong, die einander im Zug nach Auschwitz Mut zusprechen, dem Tod, der Stille entgegen.

Aber zugleich höre ich Daan, der – als untergetauchtes Kind ebenfalls ein Produkt des Krieges – bei seinem einzigen Besuch in ebenjenem Todeslager auf den Zaun uriniert, weil er keine Lust hatte, sich in die lange Schlange vor den Toiletten zu stellen; er war stets bereit, sich anzustellen, aber nicht *dort, nicht* in Auschwitz. Und natürlich höre ich den verstorbenen Ischa Meijer, ein guter Freund meines Vaters, wie er Anfang der neunziger Jahre wieder einmal in mein Elternhaus gestürmt kommt, um auf der Suche nach etwas Essbarem alle Schränke zu durchwühlen. Bis zum heutigen Tag ist Ischa Meijer, der in Bergen-Belsen Hunger litt, mein schlimmster Konkurrent gewesen, wenn es um Chips, Nüsse und Wurst ging.

Und was höre ich, ein nicht-jüdischer Mann, dessen Familie während des Krieges unversehrt blieb, wenn man von Onkel Henk einmal absieht, sonst noch? Ich, Sohn einer Babyboommutter und eines Vaters, der als brabantisches Baby noch die Bomber hat vorbeifliegen hören. Ich, Teil einer Generation, die nicht über den Krieg sprechen kann, ohne schockierenden Humor zu verwenden, um so zu demonstrieren, dass wir vor nichts Angst haben.

Ich höre vor allem unendlich, unendlich viele Gespräche, in denen es *nicht* um Krieg geht, sondern um Fußball, Urlaub, Kinder, Klatsch und Rabatte. Und so muss es auch sein. Wie gedenken wir des Krieges besser, als indem wir den Frieden feiern und indem wir uns, zumindest regelmäßig, einbilden, dass wir uns vollkommen von unserer Geschichte losgelöst haben?

Aber auch der Frieden ist nicht ohne Folgen. Je

mehr die Lautstärke der Friedensstimmen zunimmt und je mehr Mitglieder der Chor bekommt, umso mehr schwindet das andere Geräusch. Die Stimmen aus dem Krieg werden schwächer, und sie sind immer schwerer vernehmbar. Wenn die letzten Überlebenden gestorben sind, werden uns nur noch Echos bleiben. Dies ist ein ebenso natürlicher wie problematischer Prozess. Geschichte braucht ein Gesicht, oder besser gesagt: eine Stimme, sonst bleibt sie unbegreiflich und abstrakt. Und etwas Abstraktem kann man nicht gedenken.

So kommt es, dass wir heute der Jahre des Krieges mehr denn je mit Hilfe von Symbolen gedenken. Die Schlangen am Anne-Frank-Haus werden immer länger, die Musicals »Anne Frank« und »Soldaat van Oranje« füllen die Säle. Und Hitler ist zu einer Nebenfigur geworden, die wir in erster Linie aus »Indiana Jones« und »Inglorious Basterds« kennen; er ist zu einer fiktiven Figur geworden, die immer wieder zum Leben erweckt wird.

Als ich 2015 Auschwitz besuchte, um dort meines im Jahr zuvor verstorbenen Freundes Daan de Jong zu gedenken, da habe ich Menschen gesehen, die im Tor zur Hölle Selfies machten. Sie lächelten ungläubig: dass sie dort wirklich standen, unter dem morbiden Schriftzug *Arbeit macht frei*. Ich sah einen Touristen in einen Krematoriumsofen kriechen. Seine Wanderschuhe ragten ein wenig heraus. Ein Blitz leuchtete auf. Der Mann kletterte wieder aus dem Ofen, klopfte die Ärmel ab und ging.

Was ist falsch an unserer Abhängigkeit von Symbolen, abgesehen von dem manchmal unappetitlichen, fetischartigen Umgang damit? Symbole sind heilig. Und was heilig ist, ist verletzlich. Es muss nur einer ein Graffito auf ein Symbol sprühen, und wir verurteilen die Tat noch Jahre später. Oder es muss nur ein einziger verwirrter Knilch mit einem Trauerkranz Fußball spielen, und wir fühlen uns kollektiv gedemütigt. Doch Heiligkeit hat keinen Platz im Krieg. Im Krieg gibt es Täter und Opfer, Ungeheuer und Helden, doch keine Teufel und Heiligen.

»Es geschah mit Billigung der Natur«, sagte die Gefangene 48693, eine polnische Frau, die das Lager als Kind überlebt hat, in ihrer Rede, die sie anlässlich des 70. Jahrestages der Befreiung von Auschwitz durch die Rote Armee hielt. Ich ging währenddessen durch das nahezu verlassene Lager. »Es geschah bei Regen«, sagte sie zu einem Saal voller hochgestellter Persönlichkeiten, »es geschah bei Schnee.« Es war der gleiche Schnee wie der, der auf mich herniederschwebte, während ich durch Auschwitz stolperte, die Socken vollgesogen mit eisigem Wasser, die Füße gefühllos. Schneeflocken blieben auf dem Stacheldraht liegen, und ich musste an einen Schmetterling denken, der auf einem Gewehrlauf landet. Dann, wie weggeblasen, fielen die Flocken weiter hinunter. Die Gefangene 48693, die eigentlich Halina Birnbaum heißt, meinte, die Natur sei mitschuldig, weil sie nichts unternahm. In ihren Augen war die ganze Welt schuldig.

Aber die Welt ist immer schuldig und unschuldig zugleich, und das gilt auch für die Menschen, sogar für die sogenannten *guten* Menschen. Wenn es zu ihrem Vorteil ist, wegzuschauen, dann werden sie wegschauen. Der Zweite Weltkrieg ist eine absolut einmalige, unvergleichliche Katastrophe, aber er ist nicht der Endpunkt menschlicher Grausamkeit. Die Geschichte wiederholt sich zwar nie, aber sie plagiiert und parodiert sich unaufhörlich, und das wird nie enden.

Warum müssen wir gedenken? Diese Frage höre ich schon mein Leben lang, von Menschen, die – genau wie ich – den Krieg nicht mitgemacht haben. Wir leben in einer Zeit, in der jede Form von Verantwortung als Beschränkung unserer Freiheit empfunden wird. Das Mantra unserer Zeit: Ich *darf* doch tun und denken, was ich will?

Das ist erlaubt. Gedenken ist keine Pflicht. Es ist viel wichtiger als eine Pflicht. Es ist Ehrensache. Für die Menschen, die den Krieg nicht miterlebt haben, ist nichts leichter, als zu vergessen. Mehr noch, technisch gesehen vergessen wir nicht, weil der Krieg nie in unserer Erinnerung war. Es geht nicht um *uns*.

Während Harry Mulisch, der 1992 die Rede zum 4. Mai hielt, noch dreist behaupten konnte: Ich bin der Zweite Weltkrieg, sagen wir, die wir nie etwas anderes als Frieden erlebt haben: Der Krieg, das sind die andern.

Das macht Vergessen zu der verführerischsten Form von Grausamkeit, die es gibt.

Wenn ich mich am 4. Mai an die vielen Augenzeugenberichte erinnere, die ich für die zwei Bücher gelesen habe, die ich über den Krieg geschrieben habe, sehe ich als Erstes deutsche Bewacher vor mir. Deutsche Soldaten, die zu den ausgemergelten Gefangenen sagen, dass niemand je glauben wird, was gerade in den Lagern passiert. Das ist ihre ultimative Waffe: mit dem Vergessen drohen. Ich sehe deutsche Soldaten, die angesichts der Niederlage alle Beweise für die »Endlösung« vernichten wollen: Sie verbrennen Akten und sprengen Gaskammern.

Dass wir uns heute hier versammelt haben, beweist, dass sie gescheitert sind.

Ich mache mir keine Illusionen. Auch wenn wir gedenken, verschwimmt die Vergangenheit. Schade für Marconi, schade für uns – ewige Frequenzen gibt es nicht. Was wir aber tun können, ist Widerstand gegen das Verschwimmen leisten. Wenn ich an das Thema »Widerstand« denke, dann sehe ich nicht nur Niederländer vor mir, die sich während des Krieges offiziellen und inoffiziellen Widerstandsbewegungen angeschlossen haben, sondern ich sehe auch die Millionen Niederländer vor mir, die sich alljährlich zwei Minuten Zeit nehmen, um dessen zu gedenken, was sie *nicht* miterlebt haben. Die sich, und sei es auch nur für zwei Minuten, dem allmählichen Verstummen der Stimmen widersetzen.

Für mich geht es dabei um die verlorenen Stimmen von Onkel Henk und der Eltern von Daan de Jong, die ich selbst nie gehört habe. Es geht aber auch um die Stimmen von Daan und Ischa, zwei mir liebe Schutzpatrone meiner Jugend. Es kostet ein wenig Mühe, aber es ist möglich, Daans dröhnendes Lachen noch zu hören, und auch den merkwürdigen Seufzer, der ihm entwich, als ich an einem seiner letzten komatösen Tage seinen Arm berührte. Schlagartig öffneten sich seine Augen, und er stöhnte wie ein Neugeborenes. Wie auserwählt fühlte ich mich: Er sah mich an. Aber er sah mich nicht an. Sein Blick war trüb und leblos. Daan war bereits fort. Endlich Ruhe. Und dieses Stöhnen, das ist sein letzter Laut gewesen. Und ja, gleichzeitig höre ich Ischas Klagen über die mangelhafte, geradezu bürgerliche Wurstauswahl bei meinen Eltern, und zugleich ertönen die ungläubigen Kehlgeräusche meines Vaters, die er ausstieß, als er am Telefon erfuhr, dass Ischa gestorben war, gefällt in Friedenszeiten.

Was hätte Marconi gedacht, wenn er beim Zurückspulen der Zeit unsere zwei Minuten gehört hätte? Würde er an den Einstellungen seiner Wundermaschine herumbasteln? Zweifellos. Würde er glauben, dass so viele Menschen so still sein können? Ich denke nicht. Denn was Marconi nicht begriff, ist, dass Stille auch ein Geräusch sein kann. Manchmal ist Stille sogar das wichtigste Geräusch, das wir hervorbringen können.

Nachwort

Am 17. Dezember 1963 sahen Millionen Niederländer die 15. Folge der Fernsehserie *De bezetting* (Die Okkupation), die sich mit den Gefängnissen und Konzentrationslagern zur Zeit des Zweiten Weltkrieges beschäftigte. »Etwas so Grauenerregendes«, sagte Moderator Loe de Jong (1914–2005) am Ende der Sendung, »hat sich nie zuvor in der Menschheitsgeschichte ereignet, und ich habe oft den Eindruck, dass unser Verstand, wenn er sich dessen bewusst wird, es im gleichen Moment wieder von sich stößt wie ein fremdes und schauderhaftes absurdes Element.«

Fünf Jahre lang präsentierte de Jong jedes Vierteljahr eine neue Folge seiner Serie, und jedes Mal war es ein nationales Ereignis. Viele Zuschauer erinnerten sich noch aus Kriegszeiten an de Jongs Stimme: Er war Moderator von *Radio Oranje* gewesen, der niederländischen Rundfunkstation, die von London aus an die illegalen Empfänger in der besetzten Heimat sendete. Nach dem Krieg wurde er medienwirksamer Direktor des Rijksinstituut voor Oorlogsdocumentatie (Nationales Institut für Kriegsdokumentation, heute NIOD), das unmittelbar nach der deutschen

Kapitulation gegründet wurde. Ab 1955 widmete er sich persönlich dem »Hauptwerk« dieses Instituts, einer Buchreihe allergrößten Umfangs. Der 26. und letzte von ihm verfasste Band sollte schließlich 1988 erscheinen; die Gesamtzahl der Druckseiten war da auf 16.800 angewachsen. De Jongs Bücher über die Besatzungszeit waren Bestseller, die den Niederlanden der Nachkriegszeit eine verbindliche Geschichte zuschrieben, die sogar als neue *Zivilreligion* bezeichnet wurde. Wenn über die Vergangenheit des deutschen Verlobten der Kronprinzessin gemunkelt oder ein Politiker der SS-Mitgliedschaft beschuldigt wurde, erwartete das ganze Land sein Urteil.

Während seiner gesamten Berufslaufbahn schrieb und sprach de Jong über den Krieg. Doch privat zeigte er die andere Seite seines »Januskopfes«, wie Daan Heerma van Voss schreibt. Gegenüber seinen Neffen schwieg er über die Vergangenheit.

De Jong war 26 Jahre alt, als er in den fünf Tagen, die zwischen der deutschen Invasion und der Kapitulation der Niederlande lagen, beschloss, nach England zu fliehen. Der einzig mögliche Weg war, zunächst mit dem Auto zum Hafen von IJmuiden zu fahren – das wusste das ganze jüdische Amsterdam. Am Haus seiner Eltern standen 15 abfahrbereite Menschen – aber nur zwei Autos. De Jongs Großeltern saßen bereits auf der Rückbank. Er ließ sie Platz für seine Eltern und seine Schwester machen. Das war eine »hauptsächlich rationale Entscheidung«, die er später »unbegreiflich hart« nennen würde. Unterwegs gelang es ihm noch, seinem Zwillingsbruder Sally eine Nachricht zukommen zu lassen. Als er IJmuiden erreichte, herrschten dort Chaos und Panik. In der Menge verlor de Jong seine Eltern und seine Schwester aus den Augen. Nur er und seine Frau fanden Platz auf einem Boot. Die anderen würde er nie wiedersehen. Und über den Rest seines Lebens sollte sich der Schatten dieser Überlebensschuld breiten.

Nach der Befreiung kehrte de Jong in ein tief verwundetes Land zurück. Der letzte Kriegswinter war geprägt von Hungersnot, blutiger Unterdrückung und militärischer Gewalt. Städte lagen in Trümmern, und es fehlte an vielen Dingen des Grundbedarfs. Hunderttausende Männer kehrten von der Zwangsarbeit in Deutschland heim. Auch 5.000 Juden kamen wieder zurück, im Gegensatz zu den mehr als 100.000 anderen – drei Viertel der Vorkriegsgemeinschaft war ermordet worden. Die Rückkehrer bemerkten bald, dass es keinen Platz für ihre Geschichten gab. Mitgefühl wurde, teilweise unterfüttert von Antisemitismus, versagt. Beim Wiederaufbau des Landes machte sich dafür eine eher praktische Mentalität breit: »Ärmel hochkrempeln« und »nicht rumjammern«. Über Traumata wurde weniger gesprochen. Der Zustand eines Landes fand seinen Ausdruck in der Höhe des Bruttosozialprodukts, das Glück eines Kindes in der Menge des Spielzeugs.

Viele Überlebende fanden es auch zu schmerzlich, über das Erlebte zu sprechen, selbst innerhalb der Familie. Und wenn sie es doch versuchten, mussten sie einsehen, dass ihre Worte zu schwach waren, um wirkliches Verständnis zu wecken. Abel Herzberg, der Autor des frühesten Standardwerkes über die Verfolgung niederländischer Juden der Nachkriegszeit, erzählte seinen Kindern, die er bei illegalen Pflegeeltern untergebracht hatte, von seiner Zeit in Bergen-Belsen. Doch was die Überlebenden erlitten hatten, erwies sich im Kern als »wechselseitig unvermittelbar«, wie seine Tochter Judith später schrieb. Erst in den 1960er Jahren wurde das ganze Ausmaß des jüdischen Leidens im öffentlichen Diskurs erkennbar. Der Bann wurde gebrochen durch den Prozess gegen Adolf Eichmann und die Veröffentlichung des Werks *Die Vernichtung der europäischen Juden* des amerikanischen Historikers Raul Hilberg, und in den Niederlanden selbst durch das Erscheinen von *Ondergang* (Untergang) von de Jongs Lehrer Jacques Presser, einer (bislang nicht auf Deutsch erschienenen) Studie über die Vernichtung der niederländischen Juden, die in Form einer emotionalen Anklage gehalten war. Wie hatte es geschehen können? Die Protestgeneration blies zum Angriff auf den Mythos, dass die Niederlande sich kollektiv zur Wehr gesetzt hätten. Harry Mulisch hat in dieser Debatte immer eine Vorreiterrolle gespielt, unter anderem durch die Berichterstattung über den Eichmann-Prozess und seinen Roman *Das Attentat* (1982), der die Begriffe Schuld und Unschuld problematisierte.

Nach einem Dreivierteljahrhundert sind die Geschichten der Opfer und Überlebenden im kollektiven Bewusstsein verankert. Neue Generationen sind die Erben einer Fassungslosigkeit, die immer wieder aufs Neue erlebt wird. Heerma van Voss schreibt zu Recht, dass es eine Form von Größenwahn ist, in Auschwitz originell sein zu wollen. Daher trifft er eine gute Entscheidung, wenn er in seiner Erzählung fühlbar macht, was ihn persönlich an diese Vergangenheit bindet: ein überlieferter Name mit einer überlieferten Geschichte, ein Gefühl der Verpflichtung gegenüber einem verstorbenen Freund. In seinem Roman *Abels letzter Krieg* (deutsch bei dtv), der kurz nach der *Verspäteten Reise* erschien, beschäftigt sich Heerma van Voss mit dem moralischen Gewicht, das der Zweite Weltkrieg den Niederlanden der Nachkriegszeit aufgebürdet hat. Seine Arbeit wirft von ganz allein die Frage auf, was davon übrig bleibt in Zeiten, da wir die

Geschichten immer weniger aus erster Hand zu hören bekommen.

Die Generation von Heerma van Voss und mir reagiert auf die Schrecken aus Großvaters Zeiten mit schockierendem Humor. Mit Selfies in Konzentrationslagern. Aber auch mit der Stille, die nicht vergeht. Der Stille am 4. Mai, in der die gesamten Niederlande ab 20 Uhr zwei Minuten lang zum Gedenken an die Toten verharren. Und der Stille, die Auschwitz auferlegt. »No words to describe«, twitterte der Verteidiger Khalid Boulahrouz nach dem Besuch der niederländischen Nationalmannschaft im Lager während der Europameisterschaft 2012. Keine Worte.

1976 setzte sich Loe de Jong an Teil 8 seines Magnum Opus: *Gefangene und Deportierte*. Von allen Teilen fand er diesen am mühseligsten zu schreiben, würde er später erklären. Die Methode, auf der er beharrte, war, als professioneller Historiker an seinem Schreibtisch Platz zu nehmen und seine persönliche Betroffenheit außen vor zu lassen. Er schrieb die beiden Bände dieses Teils, der 1978 erschien, in einem sachlichen, faktischen, ja – vor allem im Vergleich zu Pressers *Ondergang* – fast distanzierten Ton. Gleichzeitig unterschied sich de Jong von seinen Vorgängern darin, dass er den Tod in den Gaskammern bis ins grauenvollste Detail hinein beschrieb. Auch das wäre seine Pflicht als Historiker, war er überzeugt.

Sogar einen Professor der Pharmakologie hatte er hinzugezogen, um die Wirkung von Zyklon B auf den menschlichen Körper genau darstellen zu können. Er rekonstruierte den Zeitpunkt der Vergasungen in Auschwitz, um festzustellen, dass »die Gefangenen in allen Gaskammern, mit Ausnahme der ersten, in der sich Blausäuregas ausbreitete, Schreie gehört haben müssen«.

So klangen die Worte, die de Jong fand, um darüber sprechen zu können. Gleichzeitig hatte er das Gefühl, dass es Worte waren, vor denen er andere schützen musste. Bei der Präsentation dieses Teils seines Werkes empfahl er den Überlebenden der Lager, ihn nicht zu lesen. Auch deren nächste Angehörige, so seine Vorstellung, sollten ihn besser überspringen. Aber ein solcher Angehöriger war er selbst auch – der nächste Anverwandte eines Vaters, einer Mutter und einer Schwester, die in Sobibor vergast wurden, eines Bruders, der nach Auschwitz deportiert worden war und der zwei Söhne hinterlassen hatte, die nach der Vergangenheit fragten.

Über die Vernichtungslager zu sprechen und zu schreiben ist ohnehin Kampf, selbst für diejenigen, die nicht persönlich betroffen sind. Ein Kampf mit Gefühlen, aber auch mit dem »absurden Element«, das nach de Jongs Worten vom Verstand sofort von sich gestoßen wird. Wie versteht man das Widersinnige?

Wie beschreibt man das Vakuum? Laut de Jong ist genau dieses Unvorstellbare, diese »völlige Unglaubwürdigkeit«, einer der Hauptgründe dafür, dass die Deportationen so effizient durchgeführt werden konnten. Die meisten Niederländer seien nicht in der Lage gewesen, die systematische Grausamkeit der Vernichtungslager als reale Möglichkeit zu erfassen und sich dem zu widersetzen.

Auschwitz liegt in der Mitte Europas. Ein Ort, an dem sich Ziegelsteine und Stahl nicht um die Grenzen des Vorstellbaren kümmern. Ebenso wenig wie um Sprachlosigkeit oder ein Nachlassen des Grauens. Ein Ort, der jede neue Generation zwingt, mit dem Absurden in Dialog zu treten, auch wenn man keine Worte dafür findet.

Erik Schumacher

Aus dem Niederländischen von Ulrich Faure

Daan Heerma van Voss,

geboren 1986 in Amsterdam, gehört zu den wichtigsten niederländischen Autoren der jüngeren Generation. Seine Romane wurden bereits in mehrere Sprachen übersetzt, darunter ins Deutsche *Abels letzter Krieg* und *Zeuge des Spiels*, zusammen mit seinem Bruder Thomas. Er arbeitet außerdem als Journalist für internationale Zeitungen.

Erik Schumacher,

geboren 1983 in Amsterdam, ist Historiker, Journalist und Schriftsteller. Er ist Mitautor der Studie über die Amsterdamer Nationaal-Socialistische Beweging (nationalsozialistische Partei der Niederlande zwischen 1933 und 1945). 2020 erscheint sein Buch *Mau und Gerty*, eine jüdische Liebesgeschichte zwischen Völkerwanderungen und Weltkriegen.

Der Verlag dankt dem Nederlands letterenfonds
für die Förderung der Übersetzung.

Nederlands
letterenfonds
dutch foundation
for literature

Die Originalausgabe erschien 2016 unter dem Titel
Een verlate reis bei De Bezige Bij, Amsterdam – Antwerpen.

Deutsche Erstausgabe für die
Mitglieder der Büchergilde Gutenberg
1. Auflage 2020

Buchgestaltung und Satz: Miriam Bloching, Berlin
Herstellung: Cosima Schneider
Druck und Bindung: CPI – Books, Lech

ISBN 978-3-7632-7154-2
Büchergilde Gutenberg
Stuttgarter Straße 25–29, 60329 Frankfurt am Main,
Tel 069–27 39 08-0
service@buechergilde.de, www.buechergilde.de,
Facebook: Büchergilde, Instagram: buechergilde